익살스러운 화장[에서 벗어나]는 지우의 성장기, [_험까지 궁금]한 이야기가 많아[_은 친구가 읽]고 천년손이에 대해 [_]

드디어 무명과 마주치는 수아, 강길, 지우 그리고 천년손이! 천년손이의 숨겨진 이야기와 살장군의 비밀까지! 1, 2, 3, 4권의 궁금증이 모두 해결된다. 여의주를 가지게 된 강길, 선계의 평화를 찾은 천년손이, 이름을 갖게 된 무명, 용감해진 지우와 성장한 수아가 다음에는 어떤 모험을 하게 될까? 기대되고 또 기대된다.

이 책은 계속 보게 만드는 힘이 있는 것 같다. 나는 원래 책을 읽을 때 한눈파는 경우가 많은데 이 책은 달랐다. 마지막 편에서 밝혀진 무명의 정체가 재미있었다. 반전 있는 이야기를 좋아하는 친구들에게 이 책을 추천하고 싶다.

무명이 누굴까? 진짜 궁금했는데 진실을 알고 굉장히 놀랐다. 그리고 환혼석이 무기로 변해서 지우가 검은 그림자와 맞서 싸우는 것을 도와주는 장면이 멋지고 신기하게 느껴졌다. 요괴들의 이름과 특징에 대한 설명이 나와서 요괴에 관심 있는 친구에게 더 추천하고 싶다.

천년손이
고민해결사무소

천년손이 고민해결사무소

5

버려진 요괴들의 도시와 무명의 정체

김성효 글 | 정용환 그림

해냄

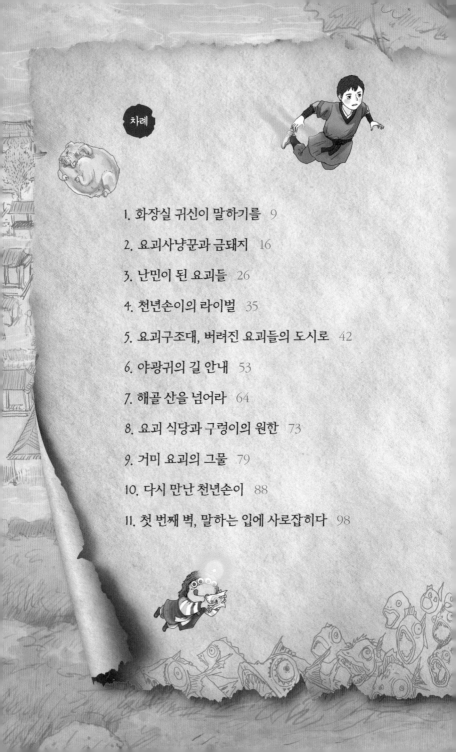

차례

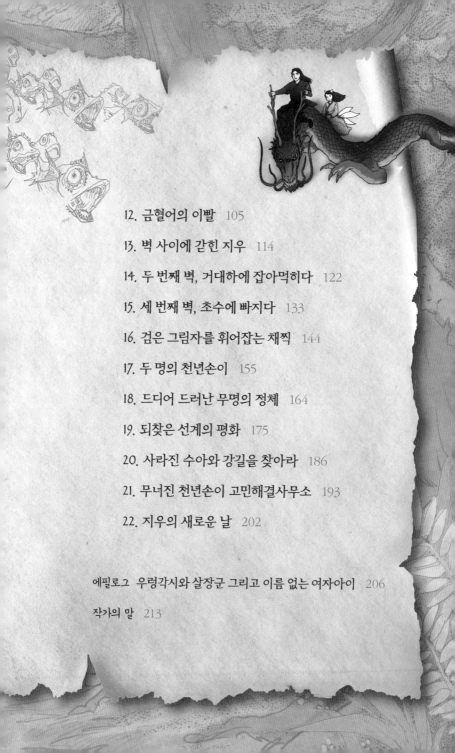

등장인물

수아
세상에 남은 마지막 구미호. 아직은 꼬리가 세 개다. 마음이 따뜻해서 어려운 사람을 보면 그냥 지나치지 못한다.

지우
검은 그림자를 보는 소년. 치유하는 힘이 있는 환혼석의 주인이다.

천년손이
천년손이 고민해결사무소의 소장. 공짜를 싫어하는 신선으로 인간계, 선계, 명계의 사건을 의뢰받아 척척 해결한다.

강길
선계의 용. 붉은 용을 타고 다니며 비바람을 불러낼 수 있다.

노상군
천년손이의 라이벌. 금돼지를 타고 다니는 요괴사냥꾼이다.

무명
이름이 없는 자. 버려진 요괴들의 도시를 이끄는 우두머리이며 환혼석을 노린다.

옥황상제
삼계의 최고 신선. 현명한 판단력으로 선계와 명계, 인간계 모두를 다스린다.

살장군
천하제일검으로 불리는 선계의 비밀경찰. 앉아서 천리 밖을 내다본다.

우렁각시
버려진 요괴들의 도시에서 요괴들을 돌봐온 부인. 따뜻한 마음을 지녔다.

1. 화장실 귀신이 말하기를

"18번, 18번, 18번?"

재훈 샘 목소리가 점점 높아졌다. 지우 번호였다.

'풀뿌리 요괴가 환혼석이었다니, 어쩜 그렇게 까맣게 몰랐지? 세계도술대회는 또 어떻고. 공중에 달걀 쌓기, 황금 솔방울 숨기기, 무덤에서 보물찾기, 종이술사까지. 으아아, 완전 멋있었어!'

아이들이 힐끔거렸지만, 지우는 세계도술대회 생각에 푹 빠져 있었다.

"야, 김지우, 너잖아, 너."

민형이가 옆구리를 찔렀다. 정신이 든 지우가 번쩍 손을 들었다.

"네?"

"국어사전 좀 가져와."

"어디에서요?"

"3층 도서관."

아이들이 웅성거렸다.

"으아아, 3층 도서관이래."

"아앙, 무서워. 난 3층 도서관은 절대 안 가."

여자아이들이 호들갑을 떨어댔다.

"지우야, 무서우면 내가 같이 가줄까?"

민형이가 큰맘 먹었다는 듯 침을 꿀꺽 삼켰다.

"괜찮아. 혼자 가도 돼."

지우가 쿨하게 고개를 저었다. 그 말에 아이들이 오오, 소리를 냈다.

"거기 되게 무서운데……."

3층 도서관은 얼마 전에 책을 모두 다른 건물로 옮겨서 비어 있었다. 빈 책꽂이와 낡은 책 몇 권만 남은 도서관은 꽤나 으스스했는데, 도서관 옆 화장실은 한술 더 떴다. 아이들은 아무도 없는 화장실에서 흐느끼는 울음소리를 들었다고도 하고, 빈 거울에 나타난 그림자를 봤다고도 했다.

"지우야, 너 1학년 그 머리 노란 꼬맹이 얘기 들었지?"

민형이가 코끝까지 내려온 안경을 밀어 올리며 말했다.

"급해서 3층 화장실로 달려갔는데, 누가 묻더래. 빨간 휴지 줄까, 파란 휴지 줄까, 하고 말이야. 얼결에 파란 휴지요, 했더니, 진짜로 파란 휴지가 나타났대. 으으으."

민형이가 몸을 부르르 떨었다.

'민형아, 넌 상상도 못 하겠지만, 난 그 귀신들을 몇 번 만난 적도 있어.'

지우는 속으로 웃음이 나왔다. 그동안 천년손이와 삼계를 누비면서 온갖 모험을 해온 지우에게 화장실 귀신 정도는 아무것도 아니었다.

"바로 가져올게요."

지우가 담담하게 일어섰다. 아이들이 와아, 하고 소리를 질러댔다.

"와, 김지우 좀 달라지지 않았어?"

"맞아. 눈빛이 세졌다고 해야 하나. 힝, 멋있어."

국어사전은 얼마 안 남은 책들 사이에 끼어 있었다. 지우가 사전을 가지고 나오는데, 화장실에서 두런두런 이야기 나누는 소리가 들려왔다.

"우리가 이거 먹어버리면 어때? 으흐흐흐."

"무슨 소리, 그랬다간 ……가 난리 칠걸?"

11

"아, 몰라. 그냥 먹자, 응?"

지우가 화장실 문을 벌컥 열었다. 귀신들은 시커먼 손에 납작한 통을 들고 실랑이 중이었다.

"아저씨들!"

지우가 빽 소리쳤다.

"에구머니나!"

귀신들은 화들짝 놀라서 변기 속으로 숨었다. 비좁은 변기에 둘이 같이 숨는 바람에 변기에 고여 있던 누런 물이 푸르륵, 뿜어져 나왔다.

"아이, 깜짝이야. 숨넘어갈 뻔했잖아. 화장실에선 노크 몰라? 노크. 똑똑, 하란 말이야."

"아저씨들 숨 안 쉬잖아요."

"아, 참 그렇지."

화장실 귀신들이 히죽히죽 웃으며 모습을 드러냈다. 때 낀 기다란 손톱 끝에 두루마리 휴지를 끼고 있는 휴지 귀신과 긴 머리에 거울 조각을 핀처럼 꽂은 거울 귀신이었다.

"그거 뭐예요?"

귀신들이 든 통에서 황금빛 기운이 흘러나오고 있었다. 딱 봐도 평범한 물건이 아니었다.

"아, 이거? 별거 아닌데."

"뭔데요. 줘 봐요."

휴지 귀신이 손에 든 통을 마지못해서 건넸다. 통에는 동글동글한 황금색 사탕이 네 개 들어 있었다. 황금빛 기운은 사탕에서 흘러나오는 것이었다.

"이게 뭐예요?"

"사실은 어제 천년손이님이 우리한테 준 거였는데……."

"야아, 말하지 말랬잖아!"

휴지 귀신이 거울 귀신의 머리카락을 잽싸게 잡아당겼다. 지우 귀가 쫑긋 섰다.

"천년손이님이요?"

"아니, 우리도 천년손이님을 만나고 싶다고. 헤헤헤. 지우야, 이 사탕 먹으면 똑똑해진대. 시험도 빵점 맞을걸?"

"응, 이거 먹으면 삼 년 묵은 변비가 한 방에 해결된다더라. 인간들한테 그만한 고민이 어딨어. 안 그래?"

"그럼, 그럼."

화장실 귀신답게 둘 다 변비라는 말에 진지하게 고개를 끄덕였다.

"그게 무슨 말이에요? 이 사탕을 먹으면 변비가 해결되는데, 시험은 빵점 맞는다고요?"

지우가 고개를 갸우뚱하다가 씨익, 웃었다.

"아아, 알겠다. 이거 귀신 사탕이죠?"

지우는 전에 강길이랑 사무소에 굴러다니는 귀신 사탕을

몰래 먹었던 적이 있었다. 사탕을 깨무는 순간, 송곳니가 무릎까지 자라나는 바람에 얼마나 놀랐는지 모른다. 천년손이가 송곳니를 실톱으로 갈면서 잔소리를 얼마나 했던지, 그때를 생각하니 지우는 귀가 따가워지는 듯했다.

"어? 어, 그치, 그치."

화장실 귀신들은 서로 눈치를 보면서 고개를 끄덕거렸다. 지우는 사탕 통을 주머니에 넣었다.

"아이들 무서워하니까 낮엔 화장실에서 떠들지 말랬잖아요. 이러면 아이들이 겁먹는다고요."

"알지. 그나저나 넌 왜 여기 있어? 천년손이님한테 안 가도 돼?"

"아직 학교 안 끝났잖아요."

"으응, 뭐야. 아무것도 모르는 눈치인데? 이래서 인간들은 우리 귀신들이 잘 돌봐줘야 한다니깐. 쯧쯧."

"얘 진짜 아무것도 모르나 봐. 힝, 이 귀여운 표정 좀 봐. 깨물어 먹고 싶당."

휴지 귀신이 은근슬쩍 지우 뺨에 손을 올렸다.

"건들지 마요."

지우가 나직한 소리로 말했다. 환혼석의 기운이 확 뿜어져 나갔다.

"앗, 뜨거워! 미안. 네가 하도 맛있게 생겼으니까 그러지."

휴지 귀신은 멋쩍어하면서 손을 내렸다.

"그분께서 살장군과 밀영들을 시켜서 현상금을 걸었대."

"현상금을 걸다니요? 누구한테요?"

"누구긴 누구야. 무명이랑 무명 편에 선 요괴들이지. 잡으면 선계에서 현상금을 어마어마하게 준다던데?"

"무명을 잡는다고요?"

"그렇다니깐. 너랑 같이 다니던 삼미호랑 용족 애도 그래서 학교에 안 온 거잖아. 몰랐어?"

귀신들의 말을 들은 지우는 국어사전을 끌어안고 교실로 마구 달려갔다.

2. 요괴사냥꾼과 금돼지

학교가 끝나고, 교실엔 재훈 샘과 당번인 지우 둘만 남았
다. 지우는 청소를 서둘러 하고 가방을 둘러맸다.

"선생님, 저 당번 일 다 했어요. 가도 되죠? 집에 빨리 가
봐야 해서요."

"집이 아니라 천년손이한테 가야지."

재훈 샘이 지우를 무심한 표정으로 쳐다보며 말했다.

"네, 예?"

지우가 무심결에 대답했다가 눈이 휘둥그레졌다.

"그게 무슨…… 무슨 소리예요?"

"뭘 그리 놀란 표정이야? 곧 천년손이 고민해결사무소가

문을 열 시간이잖아.”

서쪽 하늘엔 노을이 붉게 물들어 있었다. 재훈 샘 말대로 천년손이 고민해결사무소가 문을 열 시간이었다.

“선생님이 그, 그걸 어떻게 알아요?”

지우는 당황한 나머지 머릿속이 새하얘졌다.

“넌 내가 아직도 네 선생님으로 보이니?”

재훈 샘이 손가락을 딱, 소리가 나게 튕기자 눈 깜짝할 새에 다른 모습으로 변했다. 목이 다 늘어진 티셔츠에 후줄근한 청바지만 입던 재훈 샘이 놀랍게도 까만 양복을 단정하게 차려입고 있었다.

“선…… 생님, 지금 변신한 거예요?”

재훈 샘의 까만 양복은 주름 하나 없이 말끔했고, 양복 윗주머니에는 황금색 손수건이 단정하게 꽂혀 있었다.

“변신 아닌데? 이게 원래 내 모습이야.”

재훈 샘 손바닥에선 새하얀 빛을 내는 구슬 하나가 한 뼘쯤 떠서 뱅뱅 맴돌고 있었다. 그 모습을 보니, 지우 머릿속에 문장 하나가 떠올랐다.

‘앗, 인간이 아니구나.’

재훈 샘이 한쪽 입꼬리를 쓰윽, 올리면서 물었다.

“왜, 내가 인간이 아닌 것 같아서?”

마치 지우 마음을 들여다보는 것 같았다.

"선생님…… 혹시 요괴예요?"

지우가 뒷걸음질 치면서 물었다. 재훈 샘은 책상에 슬쩍 걸터앉으면서 웃음을 터뜨렸다.

"아하하하. 요괴라니, 그럴 리가. 난 신선이야."

"신선이요? 천년손이님처럼요?"

재훈 샘이 웃으면서 머리를 쓸어 넘겼다. 흠잡을 데 없이 세련되고 멋진 모습이었다.

"네가 아는 신선이 천년손이밖에 없을 테니 이번만 봐주겠어. 하지만 한 번만 더 나와 천년손이를 비교한다면 그땐 가만두지 않겠다."

"천년손이님을…… 아세요?"

"안다마다. 잘 들어. 내 이름은 노상군. 직업은 요괴사냥꾼이다. 주로 요괴나 악귀들을 사냥하지. 최근에 인간계에 수상쩍은 일이 많아서 잠시 인간계로 파견 나왔을 뿐이야."

지우는 노상군이란 이름을 어디선가 들어본 것 같았지만, 잘 기억이 안 났다.

"수아랑 강길은 알아요? 선생님이 노상군이란 거요."

"후후, 내 변신술은 선계 제일이야. 그 녀석들이 감히 어떻게 내 변신을 꿰뚫어 보겠어."

"그런데 왜 저한테 이런 모습을 보여주는 거예요?"

"그야 살장군이 널 천년손이의 사무소로 안전하게 데려

오라고 했으니까. 살장군이 가져간 내 백륜을 돌려받으려면 어쩔 수 없지. 당분간 하란 대로 하는 수밖에."

재훈 샘, 아니 노상군은 가볍게 한숨을 내쉬면서 앞으로 흘러내린 머리를 쓸어 넘겼다.

"백륜이 뭔데요?"

"내 무기. 원래 한 쌍인데 살장군이 하나를 가져갔어. 하나만 있으면 요괴를 소멸시킬 수 없는데 말이지."

재훈 샘은 몹시 아쉽다는 듯 혀를 쯧, 하고 찼다.

백륜

하얀 바퀴 모양으로 생긴 구름 요괴. 하얀 기운이 오색으로 뿜어져 나오는 동그란 원반 같은 물체로 바퀴처럼 뱅뱅 돌면서 공격해 온다. 매우 빠르게 돌므로 조심해야 한다. 백륜의 공격을 받으면 입과 코에서 피가 흘러나오면서 죽게 된다.

— 「용천담적기」

"살장군이 왜요?"

"질문이 많네? 수업 시간엔 조용하더니. 그런 건 차차 알아도 되지 않겠어? 아, 참. 내 파트너를 소개하지."

노상군은 양복 윗주머니에 꽂혀 있던 황금색 손수건을 꺼냈다. 허공에 탁탁, 소리가 나게 터는 순간 손수건은 온몸에서 금빛이 뿜어져 나오는 거대한 돼지로 변했다.

"하앗, 이 돼지는 뭐예요?"

"누구더러 돼지래. 엣취! 에, 에에췻! 난 신라 시대부터 살아온 금돼지님이시다."

금돼지의 입에서 가냘픈 목소리가 톡 쏘듯 튀어나왔다. 커다란 몸집과 전혀 어울리지 않는 가느다란 목소리였다. 금돼지는 몇 번 재채기를 해대더니, 숨을 크게 들이마셨다.

금돼지

전북 고창 검단산 밑 어느 마을은 사또가 부임할 때마다 사또의 부인이 없어졌다. 온갖 노력을 다해도 찾을 수가 없었다.

그 마을에 최씨 성의 사또가 부임했는데, 그는 자신의 부인도 사라질까 염려하다가 꾀를 내서 부인의 치맛단에 명주실을 꽂아두었다.

어느 날 결국 그의 부인도 사라졌다. 사또는 명주실을 따라갔다. 부인은 금돼지와 함께 잠들어 있었다. 부인이 깨자, 사또는 금돼지가 무서워하는 것이 무엇인지 물었다. 부인은 사슴 피와 사슴 가죽을 무서워한다고 말해주었다. 사또는 사슴을 잡아다가 금돼지 이마에 몰래 사슴 가죽을 붙였다. 그러자 금돼지가 죽었다.

무사히 돌아온 사또의 부인은 아들을 낳았는데, 그가 바로 신라 시대의 유명한 학자 최치원이다.

― 「최치원전」, 「금방울전」

노상군이 고갯짓으로 창문을 가리켰다.

"운동장으로 가자는 거야? 에잇, 귀찮은데."

금돼지는 출렁거리는 뱃살을 두 발로, 아니, 두 손으로 추켜 올리면서 창문으로 다가갔다. 거대한 몸집 탓에 바닥에선 쿵쿵 울리는 소리가 났다. 금돼지는 머리를 곧장 창문에 들이밀었다. 지우는 어리둥절해졌다.

"설마 거기로 나갈 생각이에요?"

금돼지는 들은 척도 않고, 거대한 몸을 창문에 쑤셔 넣었다. 물론 쉽지 않았다. 어찌어찌해서 몸뚱이는 밖으로 빠져나갔지만, 안타깝게도 엉덩이는 그러지 못했다. 창문으로 나가기엔 너무 컸다. 결국 금돼지는 머리는 바깥에, 엉덩이는 교실 안에 있는 상태로 창문에 끼고 말았다.

"앗, 금돼지 엉덩이가 끼었나 봐요. 어떡해요?"

지우는 잠시 고민하다가 금돼지의 말캉거리는 엉덩이를 두 손으로 힘껏 밀었다. 금돼지가 뒤를 돌아보며 소리쳤다.

"인간 주제에 뭐 하는 짓이야. 감히 내 엉덩……."

이, 라는 말을 미처 하기도 전에 씰룩거리는 거대한 금빛 엉덩이는 물컹하면서 빠져나갔다. 그러고는 바닥으로 털썩 떨어졌다.

"선생님, 금돼지가 떨어졌어요!"

지우가 놀라서 운동장을 내려다보았지만, 괜한 걱정이었

다. 금돼지는 땅에 닿자마자 탱탱볼처럼 티용, 소리를 내면서 튀어 올랐다. 금돼지는 몇 번 티용, 티용, 바닥에서 몸을 튕기더니, 금세 4층 지우네 교실 창문까지 튀어 올랐다.

"뭐 해. 에에칫…… 빨리 와."

금돼지는 재채기를 몇 번 하더니, 푸우웅, 소리를 내면서 다시 아래로 내려갔다.

"지우 형!"

3학년 아이들이 손을 흔들었다.

"형, 뭐 해. 같이 공 찰래?"

아이들은 금돼지 옆에서 태연하게 공을 차고 있었다.

"선생님, 쟤들은 금돼지가 안 보이는 거죠?"

노상군은 대답 대신 양복을 툭툭 털었다. 먼지 한 점 용납하지 않겠다는 몸짓이었다. 노상군이 대뜸 지우의 가방을 집어던졌다.

"우리도 가자."

"네? 제 가방은요? 계단은 저쪽인데요?"

노상군은 들은 척도 않고 다짜고짜 지우 손목을 틀어쥐었다. 노상군은 그 상태로 뜀틀이라도 하는 것처럼 가볍게 창밖으로 뛰어내렸다.

"으아아악…… 선생님, 여기 4층이에요!"

노상군과 지우는 정확하게 금돼지 위로 떨어졌다. 금돼지는 푸우웅, 하면서 쑥 들어갔다가 다시 퓨우웅, 하고는 솟아올랐다. 금돼지의 등은 물컹거리면서도 축축하고 차가웠다.

"으으윽, 징그러워."

"꽉 잡아. 떨어지면 버리고 갈 거야."

노상군은 팔짱을 낀 채 눈을 감았다. 으아아아, 지우가 내지르는 소리와 함께 금돼지는 태애앵, 소리를 내면서 몸을 튕겨 올랐고, 건물들 사이를 가로질러서 멀리 날아갔다.

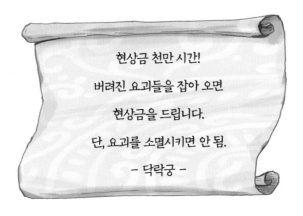

현상금 천만 시간!
버려진 요괴들을 잡아 오면
현상금을 드립니다.
단, 요괴를 소멸시키면 안 됨.

– 닥락궁 –

날아가다 보니 정말로 거리 곳곳에 현상금 두루마리가 붙어 있었다. 두루마리는 인간들 눈에만 안 보일 뿐 하늘에서도 펄럭거렸다. 두루마리에는 무명의 편에 선 요괴들이 그려져 있었다.

"골생충, 지귀, 둔갑쥐, 흑호, 흑무…… 이 요괴들이 모두

다 무명 편이었구나."

지우가 잡았던 요괴들도 있었지만, 모르는 요괴도 많았다. 요괴가 잡히는 순간 빨간 × 표시와 함께 두루마리에서 사라졌다.

"저기 있어요. 천년손이 고민해결사무소예요."

지우가 반가워서 소리쳤다. 천년손이 고민해결사무소의 낡은 나무 간판이 붉은 노을에 깊이 잠겨 있었다.

3. 난민이 된 요괴들

지우는 천년손이 고민해결사무소의 문을 힘껏 밀었다. 딸랑딸랑, 풍경 소리가 경쾌하게 울렸다. 사무소 안을 본 지우는 눈이 휘둥그레졌다.

"허걱, 뭐야!"

사무소는 발 디딜 곳이 없었다.

"이 요괴들은 다 뭐야?"

처음 보는 요괴들로 가득했다. 어찌나 북적거리고 소란스러운지 지우는 자기가 아는 천년손이 고민해결사무소가 맞는지 의아할 정도였다.

"흐음……."

노상군이 말없이 팔짱을 꼈다. 어느새 손수건으로 되돌아간 금돼지는 노상군 양복 윗주머니에 단정하게 꽂혀 있었다. 노상군은 이마를 잔뜩 찌푸리고 있었는데, 말끔한 양복에 요괴들이 닿을까 걱정하는 눈치였다. 강길이 소리쳤다.

"줄을 서세요. 줄을 서야 티켓을 받기 편하다고요!"

요괴들은 강길의 말은 들은 체도 않고 여기저기 서서 고함을 빽빽 쳤다.

"잔말 말고 입국허가서나 내놔!"

너구리 요괴는 줄무늬 타월을 목에 두른 채 고래고래 소리를 질러댔다.

"난 평화주의자라서 폭력은 딱 질색이야. 빨리 선계든 명계든, 어디로든 보내달라고!"

개구리 요괴는 바닥에 드러누워서 버럭버럭 소리쳤다.

"지우야, 왔어? 어머, 지렁이 요괴님, 그쪽으로 기어가시면 안 돼요. 여기에 이름을 쓰고 가셔야죠."

수아가 지우에게 손을 흔드는 둥 마는 둥 하더니, 요괴들에게 고개를 돌렸다. 천년손이는 한 손으로는 전화기를 들고 심각하게 이야기하면서 다른 한 손으로는 두루마리에 그림을 그리고 있었다.

"뭐야, 멀었어?"

성질 급한 너구리 요괴가 꼬리로 바닥을 탁탁 쳐대는 통에 먼지구름이 자욱하게 솟아올랐다. 보다 못해 옆에 있던 귀신이 호통을 쳤다.

"어후, 먼지. 얌전히 좀 있어요. 천년손이님이 해결해 주신다고 했잖아요. 명계로 피난 가는 게 쉬울 줄 알았어요?"

얼굴에 눈, 코, 입이라곤 아무것도 없는 달걀귀였다.

"흥, 『요괴 도감』에 이름이 올라 있는 네가 뭘 알아. 넌 저승 캡슐 타고 삼도천을 건널 거잖아. 우리처럼 시간 없는 가난한 요괴는 이런 튜브 쪼가리를 타고 살벌한 삼도천을 건너야 한다고!"

너구리 요괴가 몸에 두르고 있던 줄무늬 타월을 집어 던졌다. 알고 보니 타월이 아니라 튜브였던 모양이었다.

"이런 걸로 저 무시무시한 삼도천을 건너라니, 이건 사기야, 사기! 나도 저승 캡슐 티켓을 주든가, 아니면 내 귀한 시간 도로 내놔!"

너구리 요괴는 아예 바닥에 드러누워서 발을 굴러댔다.

"아이, 참. 몇 번을 말씀드려요. 요즘은 삼도천에 칼바람이 안 분다니까요. 튜브 타고도 충분히 건널 수 있어요. 오라버니, 명계에선 아직이에요?"

수아가 천년손이를 돌아보았다. 천년손이는 전화기를 가리키면서 쉿, 하는 시늉을 했다. 하지만 사무소에 있는 누구도 입을 다물지 않았다.

"강길님, 저희는 무릉도원으로 가는 거 맞죠? 애 아빠가 자꾸 걱정해요."

원숭이 요괴가 새끼 원숭이를 어르면서 물었다. 새끼 원숭이는 아까부터 꽥꽥 울어대고 있어서 안 그래도 혼잡한 사무소를 더 정신없게 만들었다.

"시간부터 내셔야 하는데, 아, 3년 7개월이네요."

강길이 말했다. 선계에선 돈 대신 시간을 내야 한다는 것 정도는 이제 지우도 잘 알고 있다. 원숭이 요괴는 깜짝 놀라면서 되물었다.

"어머, 어제는 3년 2개월이라면서요. 하룻밤 새에 시간이 너무 많이 오른 거 아니에요?"

"피난민이 많아져서 무릉도원 가는 지하철 티켓을 구하기가 어려워졌어요. 이것도 부용 선녀님이 따로 구해 주신 거예요."

수아가 설명을 덧붙였다.

"삼미호님, 무릉도원으로 가면 우리가 살 집이 진짜로 있긴 한 거죠? 전 298번이에요."

"그럼요. 298번이면 지금 바로 나가시면 돼요."

강길과 수아는 쩔쩔매면서 티켓을 나눠줬다. 티켓이라고 해봐야 털이 숭숭 난 대형 송충이였지만, 요괴들은 그것을 소중하게 받아 들었다.

지우가 수아와 강길에게 다가갔다.

"이게 다 웬 난리야?"

강길이 한숨을 내쉬었다.

"요괴 소탕령 때문에 인간계에 있던 요괴들이 명계나 선계로 피난 가려는 거야. 피난민들이 한꺼번에 밀려들어서 입국허가서를 달라고 난리야."

지우에게 소곤거리며 말하던 수아가 노상군을 발견했다.

"뭐야, 노상군이잖아?"

수아의 시선이 노상군에게 날카로운 화살처럼 꽂혔다.

"노상군? 얼마 전에 살장군한테 무기를 뺏기고 인간계에서 반성 중이라고 했는데……."

강길의 말에 요괴들이 수군거리기 시작했다.

"요괴사냥꾼이 여긴 왜 온 거야?"

"우린 아무 잘못도 없는데, 왜?"

원숭이 요괴가 새끼 원숭이 요괴에게 나직하게 말했다.

"쉿, 울면 요괴사냥꾼이 잡아간다."

요괴사냥꾼이란 말이 나오자마자 새끼 원숭이 요괴는 울음을 뚝 그쳤다. 갑작스레 조용해진 사무소에 희한한 소리가 들려왔다.

"개, 굴똑, 개, 굴, 똑……."

바닥에 드러누웠던 개구리 요괴가 요괴사냥꾼을 보고 놀란 나머지 딸꾹질하는 소리였다. 천년손이가 전화기를 천천히 내려놓고 일어섰다. 노상군을 노려보는 천년손이의 눈빛이 심상치 않았다. 천년손이와 노상군은 말없이 서로를 노려보고 있었다. 침을 꿀꺽 삼키는 소리가 여기저기서 들려왔다.

"우리 반 재훈 샘이 노상군이었어. 너희도 몰랐지?"

"진짜? 어쩜…… 와, 까맣게 몰랐어. 왜 몰라봤지?"

수아가 몸을 부르르 떨었다.

"노상군이 우리보다 도력이 훨씬 높잖아. 우리가 못 알아보는 게 당연하지. 지우 너도 오늘 안 거지?"

강길도 작은 소리로 물었다.

"응, 분위기 되게 험악하다. 둘이 왜 저러는 거야?"

지우가 묻자, 수아가 지우 옆구리를 꼬집었다.

"지우 너 노상군이 누군지 몰라? 전에 내가 말해줬잖아."

"아얏, 왜애? 대체 누군데 그래?"

"오라버니랑 젊어지는 샘물 마시기 내기를 했던 신선이잖아. 오라버니가 내기에서 지는 바람에 저렇게 어려졌다고 한 거 기억 안 나?"

"아아, 진짜?"

지우가 놀라서 입을 틀어막았다. 어쩐지 이름이 익숙하더라니. 재훈 샘, 아니 노상군은 천년손이와 젊어지는 샘물 마시기 내기를 했던 바로 그 신선이었다.

"그게 다가 아니야. 형님이 짝사랑했던 매향 선녀랑 노상 군이 사귀는 바람에 선계가 발칵 뒤집혔잖아. 형님이 마음 의 상처가 컸지, 아마?"

아아, 지우는 한 번 더 입을 틀어막았다. 그제야 생각났다. 서라벌로 골생충을 잡으러 갔을 때 서라벌 2호가 노상군과 매향 선녀가 사귄다고 말해줬었다.

"허허, 천년손이님이 노상군과 삼각 관계라니……."

난민 요괴들은 입국허가서는 잠시 잊고 흥미진진한 표정 으로 수군댔다.

"요괴사냥꾼이 무기를 살장군한테 뺏겼다던데?"

"요괴들을 마구잡이로 소멸시킨다고 살장군님이 뺏으셨 다잖아."

"그 무기가 백륜이란 구름 요괴야. 무시무시하지. 요괴들 을 반쪽으로 쪼개버리거든."

요괴들은 두려운 눈빛으로 요괴사냥꾼을 힐끔거렸다.

4. 천년손이의 라이벌

"오랜만이야. 시간 버느라 요즘도 고생이 많다며?"

노상군이 부드럽게 말했다. 말투와 달리 천년손이를 약 올리는 소리라는 건 눈물이 그렁그렁한 채 손가락을 빨고 있는 새끼 원숭이 요괴도 알 수 있었다.

"오라버니가 누구 때문에 이 고생인데!"

화가 난 수아는 치맛단 밖으로 꼬리가 솟아올랐다.

"넌 아직 반성을 덜 한 거야? 스승님들은 요괴를 사냥하라고 너한테 도술을 가르치신 게 아니야. 살장군이 백륜을 괜히 뺏었겠어?"

천년손이가 혀를 끌끌 찼다. 덩달아 요괴들의 시선이 요괴사냥꾼 노상군에게 한꺼번에 향했다.

"천년손이 네가 무슨 상관이지? 이번에 공을 세우면 살장군이 백륜을 돌려줄 거야. 그럼 요괴들 따위 모조리 소멸시켜 버릴 테다."

노상군이 빈정댔다.

"흥, 남은 백륜까지 뺏겨야 정신을 차리려나."

천년손이도 지지 않고 말했다.

"닥락궁에서 도술학교에 다닐 때도 스승님들은 천년손이 너만 예뻐했어. 중요한 도술은 너한테만 가르쳐주고, 나한텐 시시한 것만 가르쳤다고."

노상군이 이를 부드득 갈았다. 천년손이도 똑같이 이를 앙다물었다.

"힘없는 요괴들이나 사냥하는 비겁한 녀석."

"뭐, 비겁?"

노상군이 백륜을 허공으로 띄웠다. 부우웅 떠오른 백륜이 뱅글뱅글 천년손이 앞을 맴돌았다.

"왜, 내기라도 또 한 번 하자는 건가?"

천년손이가 말했다.

"내기가 아니라 대결이겠지."

노상군이 힘주어 말했다. 금방이라도 날아올 듯 웅웅거리는 백륜의 위세가 사나웠다.

"천년손이님, 위험해요!"

지우는 자신도 모르게 겁이 나 소리쳤다.

"넌 빠져. 인간 주제에 감히 신선들 일에 끼어들어?"

노상군이 지우를 노려보았다.

"아니, 그게 아니라……."

지우가 입을 꾹 다물었다.

"지우님, 걱정 마세요. 이 녀석은 한 손으로도 처리할 수 있어요."

천년손이가 황금 부적을 꺼내서 허공에 뿌렸다. 황금 부적은 허공에서 팔랑거리다가 황금 단검들로 변했다. 황금 단검들은 부우웅 소리를 내면서 노상군을 향해서 방향을 틀었다. 당장 싸움이라도 날 기세였다.

"저기, 두 분 감정이 안 좋은 건 알겠는데, 저희 입국허가서부터 주셔야……."

성질 급한 너구리 요괴가 참지 못하고 끼어들었다.

"지금 그게 문제예요?"

노상군과 천년손이가 동시에 버럭 소리쳤다. 그러나 잠시 주춤하던 요괴들 사이에서 곧 맞장구치는 소리가 흘러나왔다.

"맞아. 아무리 그래도 우리 입국허가서는 주고 싸워야지."

"내내 기다렸다고요."

지우와 수아, 강길만 가운데서 어쩔 줄 몰라 쩔쩔맸다.

따르르릉, 따르릉, 마침 전화벨이 울렸다. 수아가 달려가서 수화기를 들자 새카만 그림자가 쑥 빠져나왔다. 저승사자 4호의 목소리였다.

"천년손이님, 계십니까?"

"저승사자 4호님, 저 여기 있습니다."

천년손이가 대답하느라 잠깐 고개를 돌린 사이, 노상군의 백륜이 황금 단검 앞으로 바짝 다가섰다.

"그래. 이게 바로 노상군다운 짓이지. 비겁하긴."

백륜을 발견한 천년손이가 고개를 돌리자, 곧바로 황금 단검들이 백륜을 밀어냈다. 사무소엔 다시 팽팽한 긴장감이 감돌았다.

"사무소에 무슨 일이 있습니까?"

저승사자 4호가 물었다.

"아, 그게, 오라버니가 지금 노상군을 만났거든요."

수아가 작은 소리로 말했다. 저승사자 4호가 혀를 쯧쯧 차더니 무뚝뚝한 목소리로 말했다.

"천년손이님, 염라대왕님께서 난민이 된 요괴들을 모두 받아주라고 하셨습니다."

저승사자 4호의 목소리는 할 말만 짧게 하고, 다시 전화기로 들어가 버렸다. 하아, 하고 안도하는 숨소리가 여기저기서 터져 나왔다.

"다행이다. 명계로 피난 갈 수 있겠어."

요괴들이 웅성거리는 가운데, 다시 전화벨이 울렸다. 이번 엔 전화기에서 부용 선녀가 나왔다.

"천년손이님, 팔선녀님들이 요괴들의 보금자리를 마련하셨 답니다. 무릉도원은 준비를 마쳤으니, 요괴들을 보내주세요."

아이고, 흐흑, 하는 울음소리가 곳곳에서 터져 나왔다.

따르릉, 벨이 또 울렸다. 자래 왕자였다.

"천년손이님, 용궁도 준비됐습니다."

"용궁이래. 용궁에서도 받아주려나 봐."

"용궁으로 망명하고 싶은 요괴들은 지금 바로 보내주십시오."

요괴들이 안도의 한숨을 내쉬었다. 마지막 소식을 들고 온 건 살장군이었다. 살장군은 아예 전화 밖으로 빠져나와 모습을 드러냈다. 요괴들은 헉, 하고 숨을 들이마셨다.

"앗, 살장군이다."

살장군은 사무소를 쭉 훑어보았다. 다들 흠칫거렸다.

"도련님, 노상군은 만나셨습니까?"

"네, 보다시피."

천년손이는 노상군을 노려보면서 대답했다.

"살장군, 이번 일이 끝나면 약속대로 백륜을 돌려주셔야 합니다."

노상군은 살장군을 보자마자 끼어들어 말했다.

"그러지요. 그렇지만 노상군, 아무리 요괴 소탕령이 내려졌다고 해도 죄 없는 요괴들까지 소멸시키는 건 안 됩니다."

살장군이 힘주어 말했다. 노상군은 입술을 깨물었다. 당장이라도 모든 요괴를 잡아 죽일 듯 살벌한 표정이었다.

"두 분 모두 버려진 요괴들의 도시로 곧바로 오세요. 밀영들이 기다리고 있습니다."

"살장군, 저희는요? 저희도 같이 가도 되죠?"

살장군은 지우와 수아, 강길을 힐끗 쳐다보았다.

"안 됩니다. 이번 일은 도련님께도 위험할 정도로 큰일입니다. 다른 분들은 사무소에 계세요."

"살장군, 저희도 가고 싶어요. 저희도 데려가 주세요."

"안 됩니다. 도련님, 노상군, 서두르세요."

살장군은 단호하게 말하더니, 전화기로 다시 들어가 버렸다.

"수아야, 강길님, 지우님과 함께 사무소에 있거라."

"이 녀석들이 함께 가면 재미있을 텐데, 왜?"

노상군이 입꼬리를 올리면서 웃었다. 그걸 본 지우는 누가 가라고 등 떠밀어도 안 가는 쪽이 낫겠다 싶었다.

"형님, 저도 가고 싶어요."

"저도요."

모험을 즐기는 수아와 강길이 이번에도 거침없이 나섰다.

"살장군 말 못 들었어요? 위험해서 안 돼요. 무명과 직접 마주하는 일이에요. 절대 안 돼요. 다들 여기서 기다리세요."

천년손이가 야단했다. 전에 없이 단호한 말투였다.

"수아야, 입국허가서와 티켓을 발급해 드려. 셋이 같이 영수증 두루마리도 정리해 놓고."

천년손이는 이동 두루마리 앞에 섰다. 노상군이 못마땅한 표정으로 천년손이를 노려보았다.

"비켜."

"너나 비켜. 여긴 내 사무소야."

천년손이와 노상군은 두루마리에 서로 먼저 들어가려고 몸싸움을 하다가 이내 두루마리로 빨려 들어갔다.

아우성치는 요괴들에게 입국허가서와 티켓을 나눠주는 건 남은 세 사람의 몫이었다. 수아, 강길, 지우는 천년손이가 두루마리에 그려둔 무릉도원행 지하철과 닥락궁행 직행 버스, 저승행 캡슐, 용궁행 레일바이크에 요괴들을 태웠다.

"밀지 말고 한 분씩 들어가세요. 머리 조심하시고요."

세 사람은 한참을 정신없이 이리 뛰고 저리 뛰며 요괴들을 겨우 내보냈다.

"으아아, 힘들어."

"이게 다 웬 고생이야."

하지만 진짜 고생은 지금부터였다.

5. 요괴구조대, 버려진 요괴들의 도시로

"이대로 사무소에 남아 있으란 거야? 다들 무명과 싸우러 가는 마당에 우린 영수증 정리나 하라고?"

몇 시간 만에 자리에 겨우 앉은 강길은 으으, 하고 머리를 긁적였다.

"걱정 마. 어렵진 않을 거야. 지우가 영수증을 읽으면 저절로 장부에 기록될 테니까."

수아가 말했다.

"뭐야, 그런 도술이 있었어?"

강길과 지우의 눈이 동그래졌다.

"응, 오라버니가 새로 개발한 '기억의 책'이란 도술이야."

어디에선가 나타난 붉은 장부가 허공에 둥둥 떠서 차르륵 넘어갔다. 천년손이가 늘 끼고 사는 귀한 장부였다.

"이 장부를 『기억의 책』이라고 불러. '기억의 책' 도술에 필요한 도구야. 지우야, 『기억의 책』에 영수증을 기록해 줘."

"그걸 왜 지우가 해? 내가 할게. 생명의 은인을 위해서 그 정도는 해야지."

강길이 흐흐, 하고 웃었다. 흑호와 싸우다 목숨이 위태로워졌을 때 지우가 저승에서 환생꽃을 찾아다준 일을 말하는 거였다.

"강길 넌 안 돼. 나도 안 되고. 이건 지우만 할 수 있어. 오라버니가 그렇게 만들었거든."

지우는 가슴이 살짝 찡해졌다.

'나만 할 수 있는 일이라니, 천년손이님이 나를 그만큼 신뢰하고 계셨구나. 하아, 감동이네.'

하지만 뭉클함은 1초도 안 돼서 눈 녹듯이 사라졌다.

"환혼석에서 떨어져 나온 돌가루로 만든 도술이거든. 지우가 환혼석의 주인이잖아. 지우가 '기록 시작'이라고 주문을 외워야 도술이 작동해."

그럼 그렇지. 수아의 말을 들은 지우는 별다른 이유가 없는 것을 알고는 입이 뾰족 튀어나왔다.

"그러지 말고, 우리도 버려진 요괴들의 도시로 가자."

"그래, 영수증 정리는 갔다 와서 하면 되잖아. 이동 두루마리를 타면 금방 다녀올 수 있어."

강길이 이동 두루마리를 불러냈다. 하지만, 이동 두루마리는 허공에 뜬 채 펼쳐지지 않았다.

"어, 왜 안 되지?"

강길이 몇 번이고 이동 두루마리를 허공에 던졌지만, 두루마리는 작동하지 않았다.

"오라버니가 이동 두루마리를 못 쓰게 했나 봐."

"그럼, 문으로 나가지 뭐."

강길이 문을 밀었다. 문은 꼼짝도 하지 않았다.

"용용아, 네가 해봐."

붉은 용이 강길의 소매에서 풀려나와서 문에 부딪쳤지만 문은 꿈쩍도 하지 않았다.

"함께 밀어보자."

수아와 지우도 강길 옆으로 가서 문을 밀었다. 힘이 센 수아가 합세했는데도 문은 움직이지 않았다. 골똘히 생각하던 수아가 뭔가 떠오른 듯 말했다.

"오라버니가 영수증 정리를 그냥 시켰을 리 없어. 이걸 다 마쳐야 밖으로 나갈 수 있을 거야."

"영수증 두루마리는 어디에 있는데?"

지우가 물었다. 그 말을 기다렸다는 듯이 어마어마한 양의 영수증 두루마리들이 우수수 쏟아졌다. 다들 헉, 하고 입을 벌렸다.

"이 많은 걸 다 정리하라는 거야?"

세 사람이 머뭇거리는 동안에도 영수증 두루마리는 꾸역 꾸역 늘어났다. 하는 수 없었다. 셋은 꼼짝없이 앉아서 쌓여 있는 영수증 두루마리들을 정리하기 시작했다. 강길이 두루 마리를 펴서 건네주면 지우가 영수증을 줄줄이 읽었다.

"기록 시작."

지우가 내용을 다 읽으면 영수증 두루마리는 스르르 사 라지고, 대신 『기억의 책』에 글자들이 나타났다.

"흥부에게 줄 요술 박을 만드는 데 1개월 4일 2시간, 선계 에서 지급한 수당 1개월 14일 7시간. 벌어들인 시간은……."

지우는 더듬지 않으려 바짝 긴장했다. 틀리면 처음부터 다시 시작해야 했기 때문이다. 수아는 장부에 내용이 제대 로 옮겨지는지 확인했다.

"이거 언제 다 하지?"

아무리 읽고 또 읽어도 두루마리는 줄지 않았다. 강길은 몇 번이고 엉덩이를 들썩거리다가 수아에게 잔소리를 한 바 가지씩 들었다. 지우가 잘못 읽어서 '기록 중단, 다시 시작!'을 외친 것도 한두 번이 아니었다.

"잠깐, 기록 중단."

"아니, 왜 멈추는데? 빨리 해야지."

강길이 다그쳤다.

"계속 생각했는데……."

지우는 잠시 망설이다가 말했다.

"이대로 있다간 아무 죄 없는 버려진 요괴들까지 소멸될 거야. 우리가 가서 요괴들을 구하는 구조대가 되어주자. 강길, 넌 어때?"

"오오, 멋진데? 난 찬성. 수아 너도 찬성이지?"

강길이 영수증 두루마리를 내려놓으면서 헤헤, 웃었다.

"나도 당연히 찬성이지. 오라버니 몰래라면 더 좋아. 호호, 근데 구조대가 뭐야?"

수아가 씨익 웃으며 물었다.

"전에 영화에서 봤는데, 위험한 사람 있으면 구해주는 사람을 구조대라고 부르더라."

"엇? 그럼 우린 요괴구조대가 되는 거네?"

셋은 히히, 웃으며 서로를 마주봤다.

"봉인구를 써서 데려오자."

강길이 공중에 둥둥 떠서 정화 중인 봉인구를 가리켰다. 수아는 고개를 저었다.

"안 돼. 그러기엔 요괴들이 너무 많아."

"창고에 도술파리채 있잖아. 그걸 쓰는 건 어때?"

"안 돼. 그래 봐야 얼마 못 데려올 거야."

"그럼 보호 결계를 치자. 그럼 안전하게 데려올 수 있어."

"그랬다가 살장군이나 오라버니한테 걸리면 어떡해?"

수아와 강길은 머리를 맞대고 한참을 궁리했다. 지우는 도술을 잘 몰라서 딱히 할 게 없었다. 지우는 둥그런 의자에 앉아서 잠시 생각에 잠겼다.

'음, 내가 할 수 있는 게 없을까?'

문득 화장실 귀신들이 줬던 사탕이 생각났다.

'뭘 어떻게 해야 할지 모를 때 먹으랬지?'

지우는 사탕 통에서 귀신 사탕을 하나 꺼내서는 입에 쏙 집어넣었다. 우물우물 사탕을 빨아 먹던 지우는 갑자기 좋은 생각이 났는지 손가락을 딱 소리가 나게 튕겼다.

"아, 내가 요괴들 이름을 불러주는 건 어떨까?"

수아와 강길이 어리둥절해서 지우를 쳐다보았다.

"그건 또 무슨 소리야? 요괴들 이름을 부른다니?"

"인간들이 잊어버려서 버려진 요괴가 됐다고 했잖아. 그럼 인간들이 기억하게 해주면 되잖아. '기억의 책' 도술을 이용해서 말이야."

"'기억의 책' 도술을 어떻게 이용하자는 거야?"

"인간 아이들은 책을 좋아하거든. 『기억의 책』에 요괴들을 기록한 다음에 아이들이 읽게 하는 거지."

"으응? 어떻게?"

수아가 고개를 갸우뚱했다.

"내가 '기록 시작' 하고 주문을 외운 다음에 요괴들 이름을 부르는 거야. 그럼 『기억의 책』에 기록되지 않을까?"

"오오, 말 되는데?"

수아와 강길이 얼떨떨한 눈으로 지우를 바라보았다. 지우의 말이 너무나 그럴듯했기 때문이었다.

"한번 시험해 보자. 기록 시작. 올빼미 풍경."

지우의 말이 떨어지기가 무섭게 문에 달려 있던 올빼미 풍경이 스르르 『기억의 책』 속으로 빨려 들어갔다. 장부에 올빼미 풍경이 그대로 옮겨졌고 딸랑거리는 풍경 소리도 들렸다. 올빼미 풍경 옆에는 글자들이 나타났다.

올빼미 풍경
올빼미의 혼이 들어 있는 풍경. 손님이 오면 딸랑딸랑 소리를 내서 알려준다.

수아와 강길이 그걸 보고는 환호성을 질러댔다.

"와아, 지우야. 너 혹시 똑똑해지는 도술 썼니? 지우 애가 맛있게 생긴 줄만 알았지, 이렇게 영리한 줄은 몰랐는데?"

수아가 웃으면서 지우의 볼을 양쪽으로 잡아당겼다.

"잘됐다. 우리가 살장군이나 형님보다 요괴들을 빠르게 찾기만 하면 되겠네. 하하하."

강길이 박수를 쳤다. 산더미같이 쌓인 영수증 두루마리는 그사이에도 늘어나고 있었다.

"문제가 하나 있어. 여기에서 어떻게 나가지? 이동 두루마리도 안 되고, 문도 안 열리잖아."

수아가 시무룩한 목소리로 말했다. 지우는 이번에도 좋은 생각이 났다.

"그건 환혼석한테 물어보면 돼. 환혼석은 방법을 알 거야."

세계도술대회 이후에 천년손이가 환혼석을 다시 손본 덕분에 환혼석은 지우가 부르면 풀뿌리 요괴로 변신할 수 있었다. 돌멩이 상태에서는 아무것도 알려줄 수 없지만, 풀뿌리 요괴로 변신한 상태라면 뭐든 알려줄 것이다.

"풀뿌리 할아버지, 일어나 봐요!"

환혼석이 부르르 떨리더니, 순식간에 풀뿌리 요괴의 모습으로 변했다. 머리에 삐죽하니 자라난 풀에는 새하얀 꽃이 한 송이 피어 있었다. 내내 자고 있었는지 입가에는 침이 허옇게 말라붙어 있었다.

"웬일이여, 은인님. 하아암."

환혼석은 늘어지게 하품하면서 기지개를 켰다. 지우를 은인님이라고 부르는 건 여전했다.

"할아버지, 여기에서 당장 나가야 하는데 천년손이님이 도술을 걸어놔서 문이 안 열려요. 이동 두루마리도 작동이 안 되는데 어떡하죠?"

그사이에도 늘어난 영수증 두루마리가 지우 앞으로 데구르르 굴러왔다.

"왜 나가려고 그랴. 밖이 월매나 위험헌디."

환혼석이 혀를 끌끌 찼다.

"무명을 잡고, 버려진 요괴들을 『기억의 책』에 담아 데려오려고요."

"허허, 뭣 허러 그런 짓을 한댜. 안 된당께."

환혼석은 고개를 저었다. 지우가 간곡하게 부탁했다.

"도와주세요, 할아버지."

지우의 표정에 마음이 흔들린 환혼석은 잠시 망설이다가 말을 꺼냈다.

"은인님, 뭘 원하는 거여, 버려진 요괴들을 구하고 싶은 거여, 아니믄 무명을 잡고 싶은 거여?"

수아와 강길, 지우는 서로 눈치만 보다가 대답했다.

"으음, 사실은 무명을 잡고 싶어요. 하지만, 그건 살장군이나 천년손이님도 있고 노상군도 있으니까, 우린 우리가 할 수 있는 일을 할게요."

"맞아요. 우린 요괴들을 구해 줄게요."

"그럼 무명과 싸우는 일엔 안 나선다고 약속혀."

"네, 안 할게요."

수아와 강길, 지우가 큰 소리로 외쳤다.

"약속했응게 꼭 지켜잉. 그럼, 여기를 어떻게 나갈까잉."

환혼석은 곰곰이 생각했다.

"몸을 뱀처럼 길게 늘리는 도술을 써볼까? 싫어? 몸을 가루로 만드는 건? 내가 곱게 빻아줄 텡게. 그것도 싫다고? 그라믄 무슨 도술이 있지? 아, 종이비행기는 어뗘?"

"종이비행기요?"

수아와 강길, 지우가 동시에 물었다.

"그 뭣이냐. 종이술사가 종이비행기로 변하는 거 지난번에 봤잖여."

세계도술대회에서 본 종이술사를 말하는 거였다. 그때 본 도술은 다시 생각해도 굉장했다.

"좋아요! 그럼 그걸로 해주세요."

환혼석의 머리에 달린 풀꽃에서 새하얀 기운이 흘러나왔다. 지우와 수아, 강길은 순식간에 종이처럼 납작해졌다. 풀뿌리 요괴는 납작해진 세 사람을 꾹꾹 눌러서 비행기 모양으로 접었다.

"으아아악! 할아버지, 이게 뭐예요. 내 코, 내 코가 없어졌잖아요."

지우는 『기억의 책』을 끌어안은 채 종이비행기가 돼버렸다.

"그럼 한번 날아보자고잉."

환혼석은 수아와 강길로 만든 비행기를 휙, 날렸다. 마지막으로 지우 비행기를 접은 뒤 그 위에 사뿐히 올라탄 환혼석은 수아와 강길의 뒤를 따라 날아갔다.

"으아아아아아!"

종이비행기들은 세 사람의 비명과 함께 우아하게 곡선을 그리면서 영수증 두루마리의 산 위를 날아갔다. 좁디좁은 문틈으로 빠져나가는 건 순식간이었다.

6. 야광귀의 길 안내

퍼어엉, 소리를 내며 수아와 강길, 지우는 본래 모습으로 돌아왔다.

"으아아, 나왔다. 나왔어."

하늘에서는 현상금 두루마리가 여전히 펄럭이고 있었다.

"이제 어쩔 거여. 이동 두루마리는 작동이 안 되잖여."

환혼석이 하품을 하면서 물었다.

"할아버지가 있잖아요. 우릴 버려진 요괴들의 도시로 보내주세요. 할아버진 하실 수 있잖아요."

수아가 두 손을 모으고 눈을 반짝거렸다.

"그건 그렇지. 근디 꼭 가야겄어?"

환혼석은 지우의 머리카락을 바짝 틀어쥔 채 물었다. 수아와 강길, 지우는 고개를 마구 끄덕였다. 환혼석이 품에서 돌멩이를 하나 꺼냈다. 작은 돌멩이였다.

"이건 경귀석이잖아요?"

수아의 눈이 동그래졌다.

"경귀석이 뭔데?"

"오라버니가 전에 어렵게 구한 돌이야. 인간에게 해를 끼치는 요괴를 만나면 보라색으로 빛나."

환혼석은 경귀석을 지우에게 건넸다. 손바닥 위에 놓인 경귀석은 거미줄처럼 투명한 조끼로 변했다.

"옷으로 변했잖아?"

놀란 지우에게 환혼석이 말했다.

"입어. 필요할 거여."

지우가 조끼를 입자 투명 조끼가 몸에 착 달라붙었다.

"은인님, 풀뿌리 요괴로 변신해서 도술을 쓰면 힘이 딸려서 나도 모르게 잠이 들어. 잠들었을 땐 내가 도와줄 수 없으니께, 앞으론 은인님이 정신 바짝 차려야 혀."

"네, 약속할게요. 할아버지."

"간다고 하니께 보내주긴 하지만 걱정이구만. 천년손이 계획이 맞아야 할 틴디……."

"천년손이님이요?"

환혼석은 대답 대신 가볍게 손가락을 튕겼다. 순식간에 수아와 강길, 지우는 스스슷, 소리를 내면서 사라졌다.

어둑한 하늘에 반쪽짜리 달이 떠 있었다. 횡한 바람이 불어왔다. 지우가 어깨를 움츠렸다. 수아와 강길은 지우 옆에 나란히 서 있었다. 셋은 주위를 둘러보았다. 멀리서 닥락궁의 야경이 아름답게 빛나고 있었다.

"저기가 닥락궁이야."

닥락궁은 낮이고 밤이고 어두울 새가 없었다. 셀 수 없이 많은 반딧불이가 빛을 뿌려대고, 닥락궁을 가로지르는 은하수의 별들이 반짝반짝 빛을 뿜었기 때문이었다.

"여긴 되게 조용하다."

다들 긴장한 나머지 침을 꿀꺽 삼켰다.

"소리를 빨아들이는 것 같아."

말을 해도 소리가 퍼져나가지 않고 뚝 끊겼다. 바로 옆에서 말하는데도 멀리 있는 것 같았다. 환혼석이 도로롱, 코고는 소리만 아니면 적막 그 자체였다.

"여긴 버려진 요괴들의 도시야?"

"여긴 닥락궁 구역이야. 여기서 문 하나만 지나면 버려진 요괴들의 도시고."

어디선가 다시 횡한 바람이 불어왔다. 황량한 땅 위로 닥락궁과 버려진 요괴들의 도시의 경계를 알리는 울타리가 띄엄띄엄 박혀 있었다. 그리고 또다시 바람이 불자, 안내 두루마리 하나가 스으윽, 하고 나타났다.

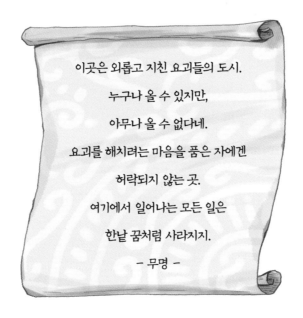

이곳은 외롭고 지친 요괴들의 도시.

누구나 올 수 있지만,

아무나 올 수 없다네.

요괴를 해치려는 마음을 품은 자에겐

허락되지 않는 곳.

여기에서 일어나는 모든 일은

한낱 꿈처럼 사라지지.

- 무명 -

세 사람은 두루마리 끝에 적힌 두 글자를 함께 읽었다.

"무명."

지우는 온몸에 소름이 끼쳤다.

'드디어 무명을 만나는 건가.'

안내 두루마리는 검은 기운을 내뿜더니, 스으윽 소리를 내면서 사라졌다.

"어떻게 들어가지?"

"울타리를 따라서 가볼까?"

세 사람은 울타리를 따라서 무작정 걷기 시작했다. 울타리는 가도 가도 끝이 없었고, 문은 좀처럼 나타나지 않았다. 지우가 먼저 멈춰 섰다.

"이러다가는 끝도 없겠어. 수아야, 너도 길을 모르는 거야?"

"응."

"강길 너도 몰라?"

"응, 우린 버려진 요괴들이 아니라 여기부턴 길을 몰라."

구미호족인 수아나 용족인 강길은 『요괴 도감』에 이름이 올라 있는 유명한 요괴들이다. 인간들에게 이름이 잊힌 요괴들만 가는 버려진 요괴들의 도시에 올 일이 없었다. 지우는 골똘히 생각하다 아, 하고는 멈춰 섰다.

"야광귀가 있잖아! 야광귀라면 길을 알 거야. 불러내서 물어보자."

"야광귀 녀석, 별로 맘에 안 드는데."

강길이 쯧, 하고 혀를 찼지만 지금부턴 길을 아는 야광귀를 믿어보는 수밖에 없었다. 다들 지우의 선녀 신발을 내려다보았다.

"야광귀, 나와봐. 네 차례야. 길을 알려줘."

지우의 선녀 신발이 노르스름하게 빛났다. 곧 야광귀가

모습을 드러냈다.

"야광귀, 안녕."

수아가 손을 흔들었다. 야광귀가 지우의 신발에서 걸어 나와 기지개를 켰다. 더럽고 때 탄 색동저고리를 입고, 눈을 데룩데룩 굴리는 야광귀는 다시 봐도 어리숙해 보였다.

"다 왔다, 집……."

야광귀는 아무렇게나 휘어진 손가락을 깨물면서 혼자 중얼거렸다.

"그래, 야광귀 네가 사는 곳이잖아. 우리도 버려진 요괴들의 도시에 들어가게 해줘."

수아가 부탁했지만, 야광귀는 아쉬운 듯 선녀 신발에서 눈을 떼지 못했다.

"신발…… 좋아."

"안 돼. 또 들어가기만 해봐."

지우는 한쪽 다리를 뒤로 꼬았다.

"으응, 신발……."

그때 졸던 환혼석이 벌떡 일어났다.

"어허, 우리 은인님 신발에 또 들어가기만 해봐잉. 내가 혼내줄랑께."

야광귀는 들은 척도 안 했다.

"풀뿌리…… 너 시시해……."

이런 소리를 듣고 가만 있을 환혼석이 아니었다.

"뭐, 너어어어? 시방 너라고 혔냐. 내가 누군지나 알고!"

환혼석은 흥분해서 옆에 있던 지우 머리카락을 마구 잡아당겼다.

"아야, 아야! 할아버지, 놔요. 놔. 아프다고요!"

"내가…… 도로롱…… 환혼석인디…… 도로롱."

환혼석이 말하다 잠들어버렸으니 망정이지, 안 그랬으면 지우는 머리카락이 다 뜯겨 나갈 뻔했다.

"야광귀 너 무슨 지도 같은 거 없어?"

"지…… 도?"

"응, 이렇게 그림으로 된 거."

지우가 손짓발짓해 가면서 설명했다.

"아, 있어! 지도."

"있대, 있어. 잘됐다. 지도만 있으면 뭐, 그대로 가면 되지."

셋 다 잔뜩 기대했지만, 야광귀가 꺼낸 것은 때가 꼬질 꼬질 묻은 화장지, 그것도 딸랑 한 칸짜리 화장지였다. 누가 똥을 닦다 버린 것 같은 더러운 화장지엔 동그라미 세 개가 겹쳐서 그려져 있었고, 한가운데에는 점이 하나 찍혀 있었다.

"아니, 이게 뭐야?"

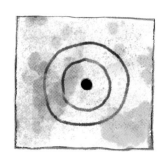

지우는 물론이고 수아도 뚱해졌다. 강길은 화를 버럭 냈다.

"장난해? 이게 무슨 지도야."

"지돈데……."

야광귀는 힝, 하면서 어깨를 움츠렸다. 강길이 투덜댔다.

"으이구, 얠 믿은 우리가 바보다. 바보."

"검은 꽃…… 있…… 어."

야광귀가 한가운데 검은 점을 가리켰다. 그 검은 섬에 검은 꽃, 즉, 무명이 있단 뜻이었다.

"무서워."

야광귀는 눈알을 데룩 굴리면서 벌벌 떨었다.

"괜찮아. 우리는 무명 때문에 온 거 아니야. 다른 요괴들을 구하러 왔어. 야광귀, 네가 도와줘야 돼."

야광귀는 손가락을 빨면서 눈알을 데룩 굴렸다. 선뜻 내키지 않는 눈치였다. 지우가 야광귀의 더듬이를 쓰다듬었다.

"노상군이 버려진 요괴들의 도시로 갔어. 우리가 늦으면 죄 없는 요괴들이 소멸될지도 몰라. 도와줘."

야광귀는 결심했다는 듯 고개를 천천히 *끄*덕거렸다.

"따라…… 와."

타닥거리면서 달려가던 야광귀는 순식간에 울타리 수십 개를 지나쳤다. 지우는 선녀 신발에서 빛을 뿜으며 부웅 떠올랐다. 수아와 강길도 붉은 용을 타고 야광귀와 지우 뒤를 쫓아갔다.

7. 해골 산을 넘어라

얼마나 갔을까. 야광귀가 멈춰 섰다. 바람 소리인지, 노랫소리인지 알 수 없는 웅웅거리는 소리가 들려왔다. 가끔씩 섞여서 들리는 딱, 딱따, 따다닥, 소리는 왠지 모르게 가슴을 움츠러들게 했다.

"으윽, 냄새."

지독한 악취에 숨조차 제대로 쉬기 어려웠다. 돼지고기가 몇 달은 썩은 것 같은 냄새가 사방에서 피어오르고 있었다.

"강길, 이게 무슨 냄새야?"

"우웩…… 시체 썩는 냄새잖아."

강길이 코를 막고 대답하느라 코맹맹이 소리로 대답했다.

지우는 가슴이 철렁 내려앉았다.

"할아버지, 일어나봐요. 할아버지, 할아버지!"

환혼석을 조용히 몇 번이고 불러봤지만 소용없었다. 도로롱, 도로롱, 신나게 졸고 있었다.

"해골 산이네."

새하얀 해골이 차곡차곡 쌓여서 산을 이루고 있었다. 주인 없는 뼈다귀들이 황량한 땅바닥에도 아무렇게나 굴러다니고 있었다.

"웅웅…… 웅웅……."

아까부터 들려오던 웅웅거리는 소리는 바람이 불어오는 소리도 아니고, 노랫소리도 아니었다. 해골들이 내는 소리였다.

"우웅, 환…… 영해요. 웅웅, 요괴들의 도시…… 웅웅…… 환영…… 해."

냄새는 둘째치고, 이 노랫소리는 지우가 지금껏 겪은 것 중 가장 끔찍했다.

'그냥 돌아갈까?'

지우는 잠시 심각하게 고민했다. 반쯤 넋이 나간 표정을 보니, 수아나 강길도 마찬가지인 듯했다.

"저기 봐."

해골 산 한복판에서 무언가가 움직이고 있었다. 발이 무수히 많이 달린 지네가 앞장서고, 어린 지네들이 뒤따르고 있었다. 덩치가 지우의 몇 배는 되어 보이는 큰 지네와 새끼 지네들이었다.

"헉, 지네 요괴잖아?"

지우는 선계 배틀 때 만났던 지네 요괴가 떠올라서 몸을 흠칫 떨었다. 수아가 쉿, 하고 소근거렸다.

"저건 '오공'이란 지네야. 인간들에게 잊히는 바람에 최하급 요괴가 됐어. 새끼들을 데리고 버려진 요괴들의 도시로 가는 모양이야."

오공

어느 마을에 가난한 소녀가 살았는데, 하루는 부엌에 두꺼비가 나타났다. 소녀는 두꺼비에게 먹을 것을 주며 보살폈고, 두꺼비는 무럭무럭 자랐다.

이 마을에는 지네가 사는 지네 터에 처녀를 바치는 풍습이 있었는데, 그해에 두꺼비를 기른 소녀가 제물로 바쳐지게 되었다. 한밤중에 거대한 지네 요괴가 나타나자, 소녀가 보살펴 준 두꺼비는 지네와 싸웠다. 결국 소녀는 살고 지네와 두꺼비는 죽었다. 그 후로는 처녀를 지네에게 바치는 풍습이 없어졌다.

— 「지네장터설화」

"지네 요괴가 어떻게 들어가는지 보자."

수아와 지우, 강길은 해골 산 구석에 숨어서 지네 요괴들을 지켜보았다.

지네 요괴들은 해골 산을 거침없이 올랐다. 새끼 지네가 주르륵 미끄러지면 엄마 지네가 끌어 올렸다.

"저기 밀영도 있어."

지우보다 한발 앞서 도착한 밀영들도 해골 산 곳곳에 숨어서 지네 요괴를 지켜보고 있었다. 지우와 수아, 강길은 밀영들 반대편에 숨은 덕에 다행히 눈에 띄지는 않았다.

어느덧 해골 산 꼭대기까지 올라간 지네 요괴들은 엄마 지네가 해골 하나를 건드리는 순간, 뒤따르던 새끼 지네들까지 스르르 사라져 버렸다.

"지네 요괴들이 모두 사라졌어."

"무…… 문이야."

야광귀가 더듬거리듯 말했다.

"내가 신선이라면 저 산은 절대 안 갈 거야."

"아니, 못 가지. 신선들은 깔끔한 것, 깨끗한 것, 단정한 것만 좋아하잖아."

천년손이나 노상군이면 모를까. 깔끔 떠는 다른 신선들이라면 분명히 이런 시체 썩는 냄새가 나는 해골 산 한가운데로 뛰어드는 일 따윈 결코 안 할 것이다.

"밀영들이 움직이고 있어."

밀영들이 해골 산에 오르기 시작했다. 하지만 해골들도 만

만치 않았다. 해골들은 밀영들의 발목을 잡고 안 놔줬다. 밀영 하나가 해골 산에 오르면 해골은 열, 스물이 달라붙었다.

"으아아악!"

밀영들은 해골들 사이로 손쓸 새도 없이 끌려 들어갔다.

"가…… 가자."

야광귀가 말했다.

"그래. 가자. 지우야. 강길, 요괴구조대 출동해야지."

수아가 머뭇거리는 지우를 잡아끌었다. 지우는 두 눈을 질끈 감고 해골 산에 올랐다가 눈을 번쩍 떴다.

"으응, 뭐지?"

지우는 놀라서 몇 번이고 주변을 돌아보았다. 수아와 강길도 마찬가지였다. 해골들 사이로 발이 푹푹 빠지던 밀영들과 달리 세 사람은 아무렇지 않았다.

"뭐야, 우린 왜 괜찮지?"

마치 산책을 나온 것처럼 발이 가뿐했다.

"수아야, 괜찮아?"

"응, 아무렇지도 않은데? 강길 너는?"

"나도. 밀영들은 왜 그렇게 허우적댄 거지?"

지우가 문득 멈춰 섰다.

"아까 두루마리에 뭐라고 씌어 있었지?"

"누구나 갈 수 있지만."

"아무나 갈 수 없고."

"요괴들을 해치려는 마음이 있는 자는 들어올 수 없다."

셋은 번갈아 말하다가 얼굴을 마주 보았다.

"아아, 알겠다. 이 해골 산은 말하자면 문지기인 거야."

해골 산은 버려진 요괴들의 도시에 들어오려는 이에게 요괴를 해칠 마음이 있는지 없는지를 가려내고 있었다.

"우린 요괴들을 구하러 왔지만, 밀영들은 요괴들을 소멸시키러 와서 안 받아주는 건가?"

수아의 말에 강길과 지우 모두 고개를 끄덕거렸다.

"으으, 사…… 살려줘!"

밀영 19호가 해골들 속에서 얼굴만 간신히 내민 채 허우적대고 있었다. 세계도술대회 때 천년손이 고민해결사무소 선수들의 안내를 맡았던 밀영이었다.

"여기요. 제 손 잡아요."

지우가 아무리 당겨도 밀영 19호는 꿈쩍도 하지 않았다.

"윽, 저리 가. 저리 가라고!"

밀영 19호는 지우를 알아보지도 못했다. 수아와 강길도 힘을 보탰지만, 소용없었다.

"우리 힘으론 안 돼. 지우야, 그만 가자. 밀영들이 헤매고 있을 때 가야 돼."

"살장군이랑 천년손이님은 여길 지나갔을까? 노상군도

들어갔겠지?"

"다들 지나갔을 거야. 신선들은 닥락궁 도술학교에서 도술을 배울 때 마음을 비우는 훈련을 하거든. 노상군이나 오라버니라면 충분히 통과했을 거야."

"노상군은 여기 어디 잡혀 있으면 좋겠다. 해골들아, 잘 지켜라. 아무나 못 들어가게."

강길과 수아가 큭큭, 하고 웃었다. 지우가 야광귀를 돌아보았다.

"어떤 게 문이야? 아까 지네 요괴가 어떤 해골 하나를 만졌는데, 사라졌거든."

야광귀가 어딘가를 가리켰다.

"응? 어떤 거 말하는 거야?"

대답을 듣기도 전에 야광귀는 스르르, 사라져 버렸다.

"뭐야. 어디 갔어? 사라졌잖아."

"야광귀가 방금 가리킨 해골을 찾아야 우리도 들어갈 수 있는데……."

강길이 해골을 더듬거렸다. 수아도 바닥에 주저앉아서 함께 찾았다. 모두 똑같이 생긴 해골들 가운데 어떤 게 문인지 도저히 알 수가 없었다. 지우는 환혼석을 깨웠다.

"할아버지, 할아버지, 일어나봐요."

때마침 코에서 작은 방울이 포로롱, 솟았다가 터지는 바람에 환혼석은 깜짝 놀라서 일어났다.

"이게 다 뭣이여? 뭔 해골들이 이러코롬 많다냐!"

환혼석은 놀라서 눈이 휘둥그레졌다.

"이 해골들 중 하나가 문인데, 어떤 건지 모르겠어요."

강길이 말했다.

"은인님이라면 충분히 찾을 수 있어. 내가 돌멩이 모습으로 돌아가서 도와줄 텐께, 집중혀 봐."

환혼석이 따뜻한 기운을 힘껏 내뿜었다. 지우는 눈을 감고 정신을 집중했다. 눈을 번쩍 떴을 때, 지우는 몇 발짝 떨어진 데서 푸른 빛을 내는 해골 하나를 발견했다.

"이거야."

지우가 해골을 가리켰다.

"진짜? 이거 맞아?"

지우는 고개를 힘껏 끄덕였다. 강길이 애틋한 표정으로 수아를 바라보았다.

"수아야, 위험할지도 몰라. 지금이라도 돌아갈까?"

"아니, 위험하면 더 좋아. 호호."

수아와 강길은 지우와 손을 잡았다. 지우가 해골에 손을 뻗는 순간, 코끝에 비릿한 냄새가 났다. 다음 순간, 세 사람은 흔적도 없이 사라졌다.

8. 요괴 식당과 구렁이의 원한

"여기가 어디지?"

시끌벅적 떠드는 소리가 들려왔다.

"주모, 여기 요괴주 한 잔이요."

요괴들이 떠들어대며 술을 마시고 있었다. 풀뿌리 요괴는 환혼석으로 돌아가 있었다. 갑자기 지우의 경귀석 조끼가 보라색으로 은은하게 빛났다. 위험이 다가왔다는 뜻이었다.

"바깥에선 우릴 잡는다 어쩐다 하며 시끄럽다며, 여기에서 이러고들 있어도 돼?"

"허허, 주모 걱정이나 하셔. 외상값 안 받을 거야?"

"우리한텐 무명님이 있잖아. 걱정 붙들어 매셔, 헤헤."

식당은 북적북적해서 아무도 지우에게 신경 쓰지 않았다. 주모도 요괴, 손님도 요괴. 요괴들만 있었다. 주모의 치맛단 뒤로 기다랗고 굵은 뱀 꼬리가 삐죽하게 삐져나와 있었다.

'구렁이 요괴구나.'

지우는 주모를 보고 생각했다.

"거기 애기 엄마는 뭐 줄까?"

"저희는 국밥 한 그릇만 주세요. 애들이 종일 굶었어요."

지네 요괴가 코를 훌쩍거렸다.

'아까 봤던 지네 요괴잖아?'

지네 요괴와 새끼 지네들이 식당 구석에 앉아 있었다.

"애들 아빠는 같이 안 왔어?"

"오다가 밀영들한테 잡혀갔어요. 저희만 간신히 도망쳐서…… 흑…….."

지네 요괴가 눈물을 훔쳤다. 새끼 지네들은 쩝쩝거리면서 국밥을 먹어댔다. 다들 몹시 배가 고팠던 모양이다.

"어이, 거기 손님."

구렁이 요괴인 주모가 꼬리를 바닥에 슥, 슥, 스치는 소리를 내면서 지우에게 다가왔다.

"손님은 뭐 줄까? 누구 찾는 요괴라도 있어?"

지우는 뭐라고 대답해야 할지 몰라서 쭈뼛거렸다.

"어, 그게……."

그때 안에서 누가 손을 흔들었다. 강길과 수아였다.

"지우야, 여기!"

지우는 강길과 수아에게 달려갔다.

"와, 맛있겠다."

강길이 콩콩거리더니, 숟가락을 들고 국밥을 퍼먹었다.

"뭐 해. 지우야, 얼른 먹어."

"우리 여기에서 이러고 있어도 돼?"

지우가 주변을 둘러보면서 작은 소리로 말했다.

"그럼. 괜찮아."

수아는 지우 손에 숟가락을 억지로 쥐여주었다. 국밥에서 비릿한 냄새가 났다. 지우는 고개를 저었다.

"우읍, 난 싫은데."

"괜찮다니깐. 한 번만 먹어봐."

수아가 웃으면서 지우에게 국밥을 다시 건넸다. 지우는 숨을 꾹 참고 국밥을 입속에 밀어 넣었다. 몇 번 씹다가 지우가 우엑, 하고 뱉어냈다. 벌레 씹는 맛이 났기 때문이었다.

"이, 이게 뭐야!"

지우가 눈이 휘둥그레졌다. 국밥 그릇은 해골바가지로 변했고, 그 안에 새카만 벌레들이 우글거리고 있었다. 수아가 준 숟가락은 뼈다귀로 변해 있었다.

"아앗, 깜짝이야. 이게 뭐야!"

지우는 놀라서 뼈다귀를 집어 던졌다.

"뭐긴, 이미 먹었잖아. 요괴들의 음식을 먹으면 이곳에서 못 나간다고. 히히히히."

구렁이 요괴가 지우를 감싸고 뱅글뱅글 맴돌았다.

"뭐야, 구렁이 요괴 처음 봐?"

"아니, 왜? 우린 요괴들을 구해주러 왔는데……."

"왜냐고?"

구렁이 요괴가 다가와서 지우의 머리에 손톱을 대고 꾹 눌렀다. 기다란 손톱이 살갗을 파고들었다.

"아아아아, 아야야!"

아파서 소리 지르던 지우 머릿속에 장면 하나가 떠올랐다.

한 선비가 과거를 보러 가는 길이었다. 선비는 새끼 까치들을 잡아먹으려는 구렁이를 막대기로 때려서 죽였다. 그리고 그날 밤, 구렁이 요괴에게 쫓기게 됐다.

"으아악, 사람 살려!"

선비는 버선발로 도망쳤는데, 금세 잡히고 말았다.

"사, 살려줘, 난 아무, 죄, 죄가 없어."

"네가 오늘 죽인 구렁이가 내 남편이었다. 그런데도 죄가 없어? 네가 정녕 아무 죄도 없다면 새벽이 올 때까지 종이 세 번 칠 것이다."

구렁이 요괴 딴에는 깊은 산 속에서 종이 칠 리 없다고 생각해서 한 말이었다. 그런데 멀리서 뎅, 데에엥, 뎅, 하고 긴 종소리가 세 번 울려 퍼졌다. 구렁이 요괴는 선비를 풀어 주고 어디론가 사라졌다.

지우는 문득 마음에 짚이는 게 있었다.

"이 이야기에 나오는 구렁이 요괴가 너희 부모님이야?"

"그래. 우리 아버지는 인간 때문에 억울하게 돌아가셨어. 그런데도 어머니는 인간과의 약속을 끝까지 지키셨다고."

지우는 이 이야기를 알면서도 한 번도 생각해 보지 않은 부분이었다.

"그러네. 네 말이 맞아. 구렁이는 정말로 선비와의 약속을 지켰어. 왜 그랬을까?"

지우가 중얼거렸다.

"요괴들은 다 그래. 아무리 말도 안 되는 약속이라도 꼭 지킨단 말이야. 그 약속 때문에 그때 어머니 배 속에 있던 나는 아버지 없이 커야 했어. 어머니도 결국 한을 품고 일찍 돌아가셨지. 그보다 더 나쁜 게 뭔 줄 알아?"

"뭔데?"

"너희 인간들이 우리 부모님 이야기를 잊어버렸단 거야. 그게 제일 나빠."

구렁이 요괴는 홍, 하면서 돌아서서는 수아와 강길에게 고개를 꾸벅 숙였다.

"저는 이만 가보겠습니다."

구렁이 요괴가 스으윽, 소리를 내면서 멀어져 갔다. 주모인 구렁이 요괴가 식당을 빠져나가자마자 휘리릭, 소리와 함께 식당도, 요괴들도 먼지처럼 사라졌다.

9. 거미 요괴의 그물

방금까지 북적거리던 요괴 식당이 있었다는 게 꿈 같았다. 이번에도 안내 두루마리에 적혀 있던 말대로 됐다. 여기에서 일어나는 모든 일은 한낱 꿈처럼 사라지리라.

"우, 우웁, 수아야, 강길, 너, 너희 꽤, 괜찮아?"

지우는 갑자기 다리에 힘이 풀리고 호흡이 느려져서 털썩 주저앉았다. 빙그르르 하늘이 돌았다. 하필이면 환혼석도 잠들어 있었다.

"괜찮지, 그럼. 히히."

강길이 키득거렸다. 순간, 지우는 지금 눈앞에 있는 수아와 강길이 진짜가 아니란 걸 깨달았다.

"누, 누구예요? 수아는? 강길은요?"

"어어, 누, 누구, 네네, 요괴들의 도시, '요시'를 지키는 문지기 요괴들이죠."

수아가 더듬거리는 지우의 말을 따라 하면서 킥킥거리더니, 고개를 뚜둑 꺾으면서 몸을 털었다. 그러자 순식간에 보라색 옷을 입은 여자아이 모습으로 변했다. 등 뒤로 기다란 팔이 여러 개 뻗어 나와 있는 거미 요괴였다.

"아, 재미없어. 이렇게 금방 알걸 뭐 하러 연극까지 하재."

강길이 심드렁하게 대답하며 몸을 부르르 떨었다. 순간, 강길은 검은 옷을 입은 남자아이로 변했다. 몸에서 검은 기운이 흘러나오고 있었다. 남자아이는 커다란 칼이 변신한 귀신, 검귀였다.

"자연스럽잖아. 뭐, 재미도 있고."

"인간이 여기 온 게 얼마 만이야. 삼천 년만인가. 흥흥."

"그쯤 됐지. 멍청하긴, 인간들은 예나 지금이나 똑같네."

지우는 두런두런 이야기 소리를 들으면서 의식을 잃었다.

"뭐 해. '관찰자의 눈'부터 박아야지."

"장난감으로 쓰시려는 거지? 호홍, 무명님도 참 짓궂으셔."

거미 요괴가 지우의 목덜미 뒤에 발톱을 쿠욱, 찍었다. 지우의 뒷목에 작고 까만 눈동자 문양이 나타났다.

"그래야 얘가 어디에서 무얼 하는지 알 수 있으니까."

"이 돌멩이는 어쩌지? 무명님이 가져오랬는데."

환혼석에선 황금빛 기운이 흘러나오고 있었다. 지우가 위험에 빠졌기 때문이다.

"이 돌이 뭔데 다들 쩔쩔매는 거지?"

검귀는 환혼석에 손을 댔다가 헛, 소리를 내면서 황급하게 손을 뗐다. 환혼석을 만진 손가락이 인두로 지진 것처럼 움푹 파였다.

"뭐야, 이건?"

검귀는 흠칫 놀라서 뒤로 물러섰다. 환혼석은 기다렸다는 듯이 밝은 빛을 더욱 힘차게 뿜었다.

"앗, 뜨거워!"

환혼석의 빛을 받은 검귀의 눈에선 거무스름한 물줄기가 주르륵 흘러내렸다.

"호호홍, 그렇겐 안 돼. 이 돌멩이는 눈동자를 지워버려야 힘을 못 쓴다니깐."

거미 요괴가 거미줄을 입으로 훅 뿜어댔다. 거미줄이 환혼석을 둘둘 말듯이 감싸자, 환혼석에서 흘러나오던 기운이 갑자기 사그라들었다. 거미 요괴가 까르륵 웃었다.

"죽여 버릴까?"

"안 돼. 무명님이 얘는 얌전히 산 채로 데려오랬잖아."

"아잉, 싫은데. 황금빛 나는 인간이 어디 흔해? 얘 잡아먹으면 도력이 삼백 년은 는다던데? 흑무가 전에 그랬어."

"무명님이 점찍은 애를 죽일 셈이야?"

검귀가 야단했다.

"그냥 잡아먹으면 간단하잖아. 아잉, 귀찮아. 황금빛 인간만 데려오랬으니까, 삼미호랑 용은 죽여도 되지?"

거미 요괴가 다리 두 개를 길게 뻗어서 지우를 둥글둥글 말았다. 지우는 거미줄에 묶인 채 반쯤 의식이 나간 상태로 버둥거렸다.

"응, 서둘러."

지우의 바로 옆에 거미줄에 둘둘 말린 진짜 수아와 강길이 의식을 잃은 채 쓰러져 있었다. 거미 요괴가 긴 팔을 뻗어서 수아와 강길을 찌르려는 그때, 귓가에 익숙한 목소리가 들려왔다.

"거기 누구냐! 지우님, 수아야, 강길님! 일어나요, 정신 차려요!"

지우는 반가운 목소리에 가까스로 실눈을 떴다. 천년손이의 목소리였다. 눈물이 다 날 뻔했다.

'아, 천년손이님이 구하러 오셨구나. 하아, 다행이다.'

챙, 챙, 칼과 칼이 부딪치는 소리가 가까이에서 들려왔다. 검으로 변신한 검귀와 천년손이의 황금색 단검들이 공중에서 싸우고 있었다. 지우가 눈을 뜨고 소리쳤다.

"천년손이님!"

거미 요괴가 공중에서 거미줄을 뿜었다. 거미줄이 그물처럼 천년손이에게 쏟아졌다. 천년손이는 전혀 개의치 않고 황금 부적을 한 장 던졌다.

"날아라, 가위!"

황금 부적은 팔랑팔랑 떨어지면서 황금 가위로 변하더니, 거미줄을 깔끔하게 잘랐다. 허공을 가로질러서 날아온 황금 가위는 지우와 수아, 강길을 둘둘 말아놓았던 거미줄까지 잘라내고는 다시 천년손이에게 돌아갔다.

"어머, 오라버니!"

거미줄이 풀리자마자 정신을 차린 수아가 소리쳤다.

"형님, 조심해요!"

강길도 눈을 뜨고 천년손이에게 소리쳤다. 그 사이에도 황금 단검들은 검으로 변한 검귀의 공격을 모두 막아내고 있었다.

"호홍, 제법인데? 넌 누구냐?"

거미 요괴가 몸을 돌려 천년손이에게 말하던 순간, 지우는 기회를 놓치지 않고 책을 펼쳐 들었다. 그러곤 힘없이 중얼거렸다.

"기록 시작, 거미 요괴……."

새카만 줄 같은 것들이 책에서 뻗어 나오더니, 거미 요괴를 끌어당겼다.

"앗, 이게 뭐야. 어머, 이, 이게……."

거미 요괴는 말을 끝까지 잇기도 전에 『기억의 책』에 빨려 들어갔다.

"지우님, 방금 그건 뭔가요?"

말하고 있는 천년손이의 머리 위로 커다란 검귀가 날아 들었다. 챙, 챙, 소리를 내면서 황금 단검들이 사방에서 검을 둘러쌌다. 단검들이 팽이처럼 돌면서 커다란 검귀를 따라붙었다. 천년손이는 우아한 몸짓으로 소매를 뿌리쳤다. 황금 단검들이 똑같이 부드럽게 곡선을 그리면서 검귀의 공격을 막아냈다.

"'기억의 책' 도술을 이용해서 요괴들을 기록한 거예요."

지우는 몸에서 거미줄을 떼어내면서 말했다.

"지금 뭐 하는 짓이냐. 싸움에 집중해라!"

검귀가 불쾌한 듯 소리쳤다.

"으아아아, 분신술!"

흥분한 검귀가 허공에서 여러 개로 나뉘어서 다시 천년손이를 공격했다. 여러 개의 검을 상대하기엔 황금 단검의 숫자가 부족했다. 천년손이가 주문을 외웠다.

"늘어나라, 황금 단검."

황금 단검들도 눈 깜짝할 새에 수십 개로 늘어났다. 천년 손이가 손가락을 까딱하자, 황금 단검들이 사방에서 에워쌌다. 검귀는 그대로 단검들 사이에 갇히고 말았다. 천년손이는 단검들에게 싸움을 맡긴 뒤 지우를 보며 빙긋이 웃었다.

"저건 이름이 뭔지 몰라서 못 부르겠어요."

지우가 단검들에 둘러싸인 검귀를 가리켰다. 검귀는 옴짝달싹 못 한 채 몸부림치다가 결국 남자아이의 모습으로 변해서 천천히 땅으로 내려왔다.

"검귀입니다. 커다란 검에 든 귀신이라 검귀라고 부르죠."

천년손이가 대답했다.

"기록 시작, 검귀!"

지우가 외쳤다. 검귀가 버둥거리면서 책에 빨려 들어갔다. 금방이라도 튀어나올 것처럼 날카롭게 날이 선 칼 그림이 생겨났다.

10. 다시 만난 천년손이

"오라버니, 오라버니 아니었으면 저희 큰일 날 뻔했어요."

수아가 천년손이의 팔짱을 끼면서 웃었다.

"쓰읍, 다들 여긴 왜 와 있는 거예요?"

천년손이가 잔소리를 시작했다.

"하, 하하. 그게…… 하하하."

지우와 강길은 머리를 긁적이며 웃었다.

"이게 지금 웃을 일이에요? 영수증 정리는 다 했어요?"

"다 했던가?"

지우가 강길에게 작은 소리로 물었다. 강길은 헤헤, 하고
웃었다.

"거의 다 했을걸요?"

"쓰읍, 했을걸요, 라니요. 제가 분명히 사무소에서 얌전하게 영수증 정리를 하고 계시라고 말했을 텐데요. 다들 왜 여기 계시는 겁니까? 지금 여기에서 무슨 일이 벌어지는지는 알고 있는 거예요? 여기가 얼마나 위험한데 와 있는 거냐고요."

천년손이가 잔소리를 마구 쏟아댔다. 평소에 듣던 잔소리와 똑같았다. 아까 수아와 강길로 변했던 거미 요괴와 검귀처럼 가짜 천년손이가 아닌가 미심쩍었던 지우는 의심이 싹 가셨다.

"보세요. 지금 살장군이 저기에서 싸우고 있단 말입니다. 해골 산에서 밀영들도 넘어오고 있어요."

멀쩡하던 하늘에서는 번쩍번쩍 번개가 치고, 우르릉 쾅, 하는 천둥소리도 나고 있었다. 살장군이 요괴들을 잡아들이느라 천라지망세를 펼치고 있는 모양이었다.

"환혼석은 괜찮아요? 요괴들이 가만뒀을 리 없는데……."

"환혼석이요? 여기 있어요."

지우는 환혼석을 꺼내다가 깜짝 놀랐다. 환혼석의 눈동자에 새카만 거미줄이 둘둘 쳐져 있었다.

"그러게, 제가 사무소에 있으라고 했죠. 위험하니까 안전한 곳에 있으라고 그렇게나 이야기했는데……."

천년손이는 잔소리하면서도 환혼석을 건네받아서 도력을 힘껏 불어넣었다. 천년손이의 손바닥에서 은은하게 흘러나온 은빛 기운이 환혼석으로 흘러 들어갔다.

"환혼석, 아니, 풀뿌리 할아버지, 미안해요. 제가 잠드는 바람에 할아버지가 이렇게 됐나 봐요. 힝, 어떡해."

지우는 눈물을 왈칵 쏟았다. 그래도 천년손이의 도력 덕분에 환혼석은 힘을 냈다. 환혼석은 심폐소생술이라도 받은 듯 쿨럭쿨럭 몇 번 기침을 하더니 기운을 차렸고, 거미줄은 스르르 녹아들며 사라졌다.

"하아, 다행이다."

"다행이라뇨. 제가 안 와봤으면 어쩔 뻔했습니까. 그리고 그 목 뒤에 문양은 또 뭐예요?"

천년손이는 이번엔 지우의 목덜미를 가리켰다. 수아와 강길의 목덜미에도 똑같은 문양들이 있었다. 다들 목을 더듬거렸다. 그냥 문신이 아니었다. 툭 튀어나온 게 무슨 벌레 같은 게 바짝 붙어 있었다.

"어머, 이건 언제 생긴 거야?"

"이게 뭐지? 우리 용용이 같은 건가?"

"이건 문신이 아니에요. 첩자 같은 겁니다. 뒤를 따라다니면서 움직임을 보고하는 첩자요."

천년손이가 소매에서 은색 집게 같은 것을 꺼내 눈동자

문양을 끄집어냈다. 새카만 작은 거미가 떨어져 나왔다.

"으아아아, 징그러워!"

거미는 땅바닥을 기어서 어디론가 스스슥, 사라졌다.

"지금 지우님은 그 징그러운 걸 달고 이 위험한 곳을 돌아다니려고 했던 겁니다."

"고마워요, 천년손이님. 힝."

지우가 천년손이 소매에 콧물을 닦았다. 옷에 코를 묻힌 지우에게 천년손이의 잔소리가 백 마디쯤 더 쏟아졌다.

"하아, 그러니까 제가 사무소에 있으라고 했죠? 위험하다고 몇 번을 말해요. 얌전하게 영수증 정리나 하고 있으라고 했습니까, 안 했습니까. 수아 너는 왜 말 안 듣고 여기에 있는 거니, 응?"

"이미 온 걸 어떻게 해요. 오라버니, 그만 화 푸세요."

"근데 형님은 우리가 여기 있는 줄 어떻게 아셨어요?"

"아까 이쪽에서 용용이가 하늘을 날고 있더라고요. 살장군 눈에 띌까 봐 얼른 달려왔어요."

"아, 제가 잠시 정신을 잃었을 때 구해 줄 사람을 찾는다고 하늘을 날아다닌 모양이에요."

붉은 용은 천년손이의 어깨에 앉아 있다가 다시 강길의 소매 속으로 들어갔다.

"살장군한텐 주변을 둘러보겠다 하고 나왔지만, 세 사람이 여기 와 있는 걸 알면 야단할 게 뻔합니다. 살장군에게 혼나고 싶어요?"

"아니요."

수아와 강길, 지우 모두 고개를 저었다. 늘 부드럽게 허허, 하고 웃지만 살장군이 알고 보면 얼마나 무서운지 이미 여러 차례 겪었기 때문이다. 그 무시무시한 불의 요괴 지귀를 한번에 잡았던 살장군이다.

"그럼 노상군한테 잡혀갈래요? 요괴사냥꾼 노상군은 지금 요괴사냥을 허락받아서 아무 요괴나 다 잡아가려고 혈안이 돼 있다고요."

"아니요."

노상군 역시 어떤 신선인지 짐작하고도 남았다. 셋 다 고개를 다시 한 번 세차게 흔들었다.

"그럼 어떻게 할 거예요?"

"어, 음…… 천년손이님, 그러지 말고, 저희랑 같이 버려진 요괴들을 구조하는 건 어때요?"

지우가 슬며시 말을 꺼내보았다.

"요괴들을 구조한다고요?"

천년손이가 묻기를 기다렸다는 듯이 지우와 수아, 강길은 그동안 있었던 일을 번갈아가면서 마구 쏟아냈다. 이야기를 다 마친 세 사람은 천년손이의 눈치를 살폈다. 천년손이가 잠시 뒷짐을 지고 서성거리더니, 손가락을 튕겼다.

"'기억의 책' 도술로 요괴들을 데려간다니, 저도 못 한 생각이에요. 누구 생각이에요?"

수아와 강길이 동시에 지우를 바라봤다.

"지우요."

"허허, 지우님이 정말로 그렇게 좋은 생각을 했다고요?"

그러게, 어쩌다가 그렇게 좋은 생각을 해냈을까. 지우는 자신도 잘 이해가 안 됐다. 하지만 이럴 때 아니면 또 언제 천년손이에게 칭찬을 받나 싶어서 밝게 웃으면서 고개를 끄덕였다. 기쁜 것도 잠시, 곰곰이 생각하던 천년손이가 대뜸 물었다.

"혹시 귀신 사탕을 먹은 거예요?"

"어, 맞아요. 어떻게 아셨어요?"

지우가 놀라서 되물었다.

"사탕? 무슨 사탕? 그때 먹은 거 말고 귀신 사탕이 또 있었어?"

"뭐야, 지우 너 우리 몰래 귀신 사탕을 먹은 거야? 언제? 어디서 나서?"

수아와 강길은 속사포처럼 질문을 쏟아냈다.

"아까 사무소에서 둘이 도술 이야기할 때 먹었어. 화장실 귀신들이 뭘 어떻게 해야 할지 모를 때 먹으라고 줬거든."

"혹시나 해서 화장실 귀신들에게 귀신 사탕을 맡겼는데 이렇게 도움이 됐군요. 그 사탕은 인간의 두뇌를 200배 이상 좋아지게 합니다. 제가 도술로 만들었거든요. 아직 실험 중이지만, 성공만 하면 우린 시간방석에 앉을 겁니다."

또 그 소리인가 싶었지만, 천년손이의 기대에 찬 표정을 보니, 당장에라도 시간 부자가 될 것 같았다.

"200배요? 그렇게 좋은 걸 왜 지우한테만 줬어요?"

다들 눈이 등잔만 해졌다.

"인간은 머리가 좋아질 가능성이 가장 크니까요. 문제는 이걸 요괴들의 두뇌에도 적용하는 건데, 그건 아직 실험 중이에요. 아이 요괴들의 두뇌가 좋아진다고 생각해 보세요. 그럼 부모 요괴들이 이걸 사려고 구름떼처럼 모여들지 않겠어요? 음하하하. 그럼 우린 시간방석에 앉는 거라고요."

천년손이가 손가락을 까딱거렸다.

"사실, 인간 두뇌의 가장 큰 약점은 잘 잊어버리는 것입니다. 반면에 아시다시피 신선인 저는 한 번 들은 것은 절대 잊어버리지 않지요."

안다. 그 길고 긴 저승 법률 두루마리도 한 번 쓱 보고 다 외워버렸던 천년손이다.

"물론 그건 장점이기도 합니다. 아픈 기억도 빨리 잊어버리니까요. 매향 선녀도 인간 시절 저를 만났을 때를 다 잊어버렸지요."

천년손이의 목소리가 갑자기 울적해졌다.

"그건 그렇고, 저도 요괴들을 구하는 데 합류하겠습니다. 지우님 말대로 죄 없는 요괴들까지 소멸시키는 건 부당하니까요. 게다가 노상군이라니, 쯧, 그런 녀석과 함께 요괴들을 잡으러 다니는 건 우리 천년손이 고민해결사무소의 경영 철학과 맞지 않습니다."

천년손이가 같이 가겠다고 하자 수아와 강길, 지우의 얼굴이 동시에 밝아졌다.

"서둘러요. 살장군과 요괴사냥꾼 노상군이 무명과 싸우는 틈을 타서 우린 요괴들을 구하는 겁니다."

"어디로 가야 요괴들을 만나는데요?"

천년손이는 강길의 질문에 어깨를 으쓱해 보였다.

"그야, 모르죠."

"네? 모른다고요?"

천년손이는 태연하게 고개를 끄덕였다.

"제가 어떻게 알아요. 여긴 버려진 요괴들의 도시이지, 선계가 아니잖아요. 여긴 애초에 아무 정보도 없는 곳이에요."

지우가 야광귀가 줬던 지도를 내밀었다.

"여기 지도예요. 야광귀가 그려줬어요."

천년손이는 화장지 지도를 한참 쳐다보았다.

"세 개의 벽이 있고, 가장 안쪽에 무명이 있다는 뜻이네요. 야광귀는 어디 있어요? 자세한 건 야광귀한테 물어보면 되잖아요."

"야광귀하고는 요괴들의 도시 입구에서부터 갈라졌어요."

"저런, 그럼, 귀신 사탕을 다시 써보도록 하죠. 지우님, 아시겠지만, 효과는 5분간만 지속돼요. 서둘러요."

지우는 사탕 통을 꺼냈다. 사탕 세 개가 남아 있었다.

"먹어 봐, 지우야. 무슨 생각이 날지도 몰라."

수아와 강길도 고개를 끄덕였다. 사탕을 깨문 순간, 지우가 아, 소리를 냈다.

"왜, 뭔데, 뭔데?"

수아와 강길이 다급하게 물었다.

"미안, 혀 깨물었어."

"아이, 뭐야. 요괴들을 찾을 방법이 없는지나 생각해."

강길이 핀잔을 줬다. 지우는 다시 귀신 사탕을 먹었다.

"아, 그래! 좋은 생각이 났다."

"뭔데요?"

천년손이도 눈이 반짝반짝 빛났다.

"그냥 걸어가는 거예요. 저한테는 맛있는 냄새가 나니까 요괴들이 알아서 모여들지 않겠어요?"

"뭐? 200배 좋아진 머리로 해낸 생각이 고작 그거야? 그냥 걸어간다?"

강길이 어이없다는 듯 혀를 찼다.

"잠깐, 말 되는데? 요괴들은 방금도 알아서 모여들었잖아.
오랫동안 인간 냄새를 맡지 못한 요괴들은 분명 지우 냄새를
맡으면 몰려들 거야. 요괴들의 코를 믿자고!"

수아가 곰곰이 생각하면서 말했다.

"좋아요. 빨리 요괴들을 봉인한 다음에 인간계로 데려가
는 수밖에 없어요. 살장군이나 노상군, 특히 무명 눈에 띄
지 않게 무사히 말입니다."

누구 눈엔 띄어야 하고, 누구 눈엔 띄면 안 되는 것이니
매우 어려운 일이고, 동시에 아무것도 아닌 일이기도 했다.
천년손이 일행은 걷기 시작했다.

"그냥 걸어요, 당당하게."

"그러다가 살장군 눈에 띄면 어떡해."

"원래 숨으려고 하면 더 들키기 쉬운 법이니까 그냥 당당
하게 걸어요. 그 편이 오히려 눈에 안 띌 거예요."

"너 아직 귀신 사탕 효과 안 사라진 거 맞지?"

강길은 지우를 의심스러운 눈초리로 쳐다봤지만, 별다른
수가 없었다. 그냥 걸어가는 수밖에.

11. 첫 번째 벽, 말하는 입에 사로잡히다

"가지 마."

"응?"

지우가 뒤돌아봤다.

"뭐라고?"

"내가 뭘?"

강길이 어리둥절해서 되물었다.

"방금 뭐라고 했어?"

"나? 아무 말 안 했는데?"

네 사람 다 흠칫 놀라서 멈춰 섰다.

"그럼 누구지?"

지우의 가슴이 쿵쾅거리기 시작했다.

"나잖아, 나."

지우는 깜짝 놀라서 뒤를 돌아보았는데, 다시 앞을 보니 아무도 없었다. 천년손이도, 수아도, 강길도 없어졌다.

"어, 다들 어디로 갔지?"

"호호호, 가긴 어딜 가. 여기 있잖아."

수아와 강길이 웃으면서 나타났다.

"으이그, 넌 꼭 그러더라. 겁만 많아 가지고."

강길도 피식 웃었다.

"난 이럴 때 지우가 제일 귀엽더라. 봐 봐, 정말 먹음직스럽게 생겼다니깐. 호호호."

수아가 봄꽃처럼 화사하게 웃었다. 수아의 미소를 보니 지우는 자기도 모르게 웃음이 나왔다.

"하아, 깜짝 놀랐잖아. 난 또 누군가 했어."

"지우야, 우리 여기에서 좀더 있다가 갈까?"

수아가 또 까르르 웃었다.

"응?"

"뭐 하러 그렇게 바쁘게 뛰어다녀. 난 강길이랑 너랑 같이 그네 타면서 놀고 싶은데, 넌 어때?"

"어? 어, 근데, 지금 버려진 요괴들의 도시에······."

지우 앞에 느닷없이 그네가 하나 나타났다. 그네가 부드럽게 곡선을 그리면서 저절로 움직였다. 삐그덕, 삐그덕, 소리를 내면서 움직이는 그네를 보는데, 지우는 문득 어디선가 이 장면을 본 것 같은 느낌이 들었다.

"어, 이상하다."

"이상하긴. 그러는 네가 더 이상하다. 호호호."

"지우야, 내가 밀어줄까?"

강길은 붉은 용을 불러내서 그네를 힘껏 밀어주었다. 그네를 타는 이 장면이 지우는 왠지 익숙했다. 그 익숙함이 갑자기 소름 끼치게 느껴졌다.

"자, 잠깐만."

지우가 그네에서 탁 뛰어내렸다.

"어머, 지우야. 왜."

"여긴 버려진 요괴들의 도시야. 갑자기 이런 놀이터가 왜 나타나."

"가지 마……."

소곤거리는 소리가 기다렸다는 듯이 다시 들려왔다.

"가지 마……. 우리랑 놀아……."

"황금빛 인간…… 먹고 싶어."

"가지 마……. 심심했단 말이야."

귓가에서 맴도는 가지 마, 소리는 점점 커졌다. 그때 환혼석이 눈을 번쩍 떴다. 사방으로 황금빛 기운이 빛살처럼 퍼져나갔다.

"뭣들 하는 거여, 시방. 우리 은인님 귀찮게 할 거여?"

환혼석이 풀뿌리 요괴가 되어 버럭 소리를 질렀다. 가지
마, 소리가 순식간에 사그라들면서 주변이 잠잠해졌다.

"허어억⋯⋯."

지우는 어느새 벽 한쪽에 단단히 붙잡혀 있었다. 벽에는
무수히 많은 입이 붙어서 수군거리고 있었다.

"으으, 맛있어."

"나도 먹을래⋯⋯."

입들은 혀를 날름거리면서 지우의 머리카락이며, 귓가며,
팔, 다리, 손가락까지 핥아대고 있었다.

"쓰읍, 뭣들 허는 거여!"

환혼석이 버럭 소리쳤다. 황금빛 기운이 넘실거리면서 뿜
어져 나왔다. 입들은 지우를 놓치고 말았다. 키득거리는 입
들이 말했다.

"아이, 참, 맛있게 생겼는데."

"저 녀석을 먹으면 도력이 삼백 년은 올라갈 텐데. 힝, 아
까워. 킥킥."

너도나도 앞다퉈서 키득거리는 소리가 사방에서 들렸다.
수아와 강길도 벽에 사로잡혀 있었다. 멍한 눈빛을 보아하
니, 지우처럼 소리에 붙잡힌 모양이었다.

"다들 뭐 하고 있는 겨. 우리 은인님을 잘 보살피라니께 여기 와서 이렇게 헤매고 있음 쓰겄냐!"

환혼석이 붙잡힌 수아와 강길을 향해 버럭 소리를 질렀다. 환혼석의 새하얀 기운이 말하는 입들을 향해 눈부시게 뿜어져 나갔다.

"아이, 따가워!"

"너희들은 뭔데 자꾸 훼방을 놓는 거야!"

입들이 투덜거렸다.

"천년손이님은 괜찮아요?"

"네, 무슨 말을 하는지 들어봤을 뿐이에요. 이건 말하는 벽입니다."

벽에 붙잡혀 있던 천년손이는 소매를 휘둘러서 벽에서 가볍게 빠져나왔다.

"버려진 요괴들이 원한을 품은 채 죽으면 악귀가 돼요. 그 악귀들이 모여서 만들어진 벽입니다."

기다렸다는 듯이 수많은 입에서 동시에 온갖 말이 흘러나왔다.

"같이 놀고 싶어."

"배고파."

"심심해."

"가지 마……. 우리랑…… 놀아줘."

"많은 요괴가 외롭게 죽어가서 그려. 다들 슬프고 한스러운 게지. 그 원한이 맺혀서 벽이 된 거여. 눈을 감아봐. 다 보일 거여."

환혼석이 말했다. 그 말을 듣고 보니 많은 입 가운데 유난히 커다란 코끼리 입 비슷한 게 눈에 띄었다.

지우는 눈을 감았다. 어느 요괴의 모습이 머릿속에 떠올랐다. 밥풀에서 태어난 요괴였다. 코끼리 비슷하기도 하고, 강아지 같기도 했다. 인간들은 이 요괴를 무서워해서 죽이려고 일부러 쇠붙이를 먹였지만, 요괴는 죽기는커녕 몸집이 점점 커졌다.

죽이고 싶어도 죽일 수 없는 이 요괴에겐 '불가살이'라는 이름이 붙었다. 불가살이는 처음엔 인간들의 입에 자주 오르내리는 요괴였다. 그러나 시간이 흐르면서 서서히 잊히다가 결국 버려진 요괴들의 도시로 흘러들어왔고, 말하는 벽과 하나가 되어 죽어가고 있었다.

"기록 시작, 말하는 벽."

눈을 뜬 지우는 말하는 벽을 봉인하기 위해 담담한 목소리로 이름을 불렀다. 『기억의 책』에 말하는 입들이 벽과 함께 통째로 빨려 들어갔다.

"배고파. 놀고 싶어."

말하는 벽이 서서히 조용해지더니 천천히 먼지처럼 흩어져 갔다. 대신 『기억의 책』에 요괴들의 이름이 하나둘 나타났다.

"말하는 벽이 평화를 얻었네요. 지우님 덕분이에요."

천년손이가 미소 지으며 말했다.

12. 금혈어의 이빨

길은 갈수록 좁아졌다.

"딱딱딱, 딱딱. 딱, 딱딱."

"뭐? 이번은 또 뭐야?"

지우가 선녀 신발로 붕 떠서 달리다가 강길을 돌아보았다. 길이 좁아서 강길은 지우 바로 뒤에서 달리고 있었다.

"뭐가?"

강길이 대꾸했다.

"방금 무슨 소리 안 들렸어?"

지우가 물었다.

"으으, 또 무슨 소리를 들었는데."

강길이 또 무슨 일이냐는 듯 눈이 동그래졌다.

"딱딱거리는 소릴 들었어."

경귀석 조끼가 밝은 보랏빛으로 빛났다. 위험한 요괴들이 가까이 왔다는 뜻이었다. 딱딱, 딱딱, 어디선가 딱딱 소리가 들려왔다. 딱딱, 딱딱, 딱. 불규칙한 소리였다. 네 사람은 놀라서 돌아보았다.

"저, 저건 또 뭐야?"

물고기 수백 마리가 물 밖으로 머리를 내밀고 있었다. 새빨간 눈에서는 붉은 기운이 흘러나오고, 이빨은 뾰족뾰족 셀 수 없이 솟아 있었다. 방금 들었던 딱딱거리는 소리는 바로 이 물고기들이 이빨을 부딪치는 소리였다.

"금혈어입니다."

천년손이가 말했다.

"금혈어는 또 뭐예요?"

수아와 강길, 지우는 누가 뭐라고 말할 것도 없이 천년손이 옆에 바짝 붙어 섰다. 붉은 용은 네 사람을 지키기 위해 옆에서 빙글빙글 맴돌고 있었다.

"고래도 뜯어먹는 물고기 요괴죠. 조심해요."

금혈어들이 허공에서 천천히 움직이기 시작했다. 새카맣게 떼를 지어 다가오는 모습을 보니, 온몸에 소름이 돋았다.

"먹…… 고 싶어……."

"맛있겠다. 먹고…… 싶어……."

금혈어들 사이에서 목소리가 들려왔다.

"금혈어가 작정하고 달려들면 우리는 아마 일 분도 안 돼서 가루가 되어 사라질 겁니다."

천년손이가 속삭였다.

"먹고…… 싶어."

"고기 줘……."

"고기…… 고기……."

금혈어들이 점점 가까이 다가왔다.

"지금 주문을 외울까요?"

"아직이요."

금혈어는 더 가까이 몰려왔다. 이빨이 딱딱거리는 게 보일 정도로 가까워졌다.

"지금은요?"

"한 마리도 놓치면 안 돼요. 더 가까이 올 때까지 기다려요."

"오라버니, 지금도 충분히 가까워요."

수아가 금혈어를 똑바로 마주 보면서 말했다.

"형님, 진짜 이대로 있어요?"

강길은 붉은 용이 다치지 않도록 불러들였다. 금혈어들은 딱딱거리다가 네 사람을 물어뜯기 위해 입을 크게 벌렸다. 그 상태로 새카맣게 들이닥쳤다.

"으아아악, 저리 가!"

수아와 강길이 손을 마구 내저었다. 천년손이가 외쳤다.

"지금이에요, 지우님."

"기록 시작, 금혈어!"

지우가 눈을 질끈 감고 소리쳤다. 순간, 『기억의 책』에서 눈에 보이지도 않을 만큼 가느다란 검은 줄들이 튀어나왔다. 검은 줄들은 서로 엉키고 엉켜서 커다란 검은 손이 되었고, 금혈어들을 한 마리도 남김없이 움켜잡고는 책 속으로 들어가 버렸다.

『기억의 책』에서는 붉은빛이 번쩍, 하면서 금혈어가 적힌 페이지 하나가 완성됐다.

> **금혈어**
> 고래도 무서워할 정도로 사나운 물고기로 수백 마리씩 몰려 다닌다. 고래나 다른 물고기를 잡아먹을 정도로 이빨이 날카롭고 사나워서 뭐든 닥치는 대로 해치워버린다.
> — 「청성잡기」

"기록 끝. 하아, 다행이다."

지우는 어찌나 세게 『기억의 책』을 움켜쥐고 있었는지 손이 다 얼얼했다.

"잘했어, 지우야. 어디 다친 덴 없어?"

수아의 치맛단이 너덜너덜했다. 금혈어들에게 물어뜯긴 것이었다. 강길의 옷도 여기저기 뜯겨 있었다.

"다들 괜찮아요?"

"네, 경귀석 조끼가 조금 찢어진 거 말고는 괜찮아요."

천년손이의 말에 지우는 찢어진 조끼를 보며 말했다. 모두들 금혈어를 봉인하고 숨을 돌리는 것도 잠시, 천년손이는 벽 앞으로 다가갔다.

"아마도 이게 두 번째 벽일 겁니다."

벽돌에 희미하게 빛나는 검은색 표식이 그려져 있었다.

"금혈어가 두 번째 벽으로 들어가는 비밀 통로를 지키고 있었을 거예요."

천년손이가 표식 앞에서 벽돌을 몇 번 두드렸다.

"여기 어딘가에 두 번째 벽으로 들어가는 문이 있을 겁니다."

천년손이는 조심스럽게 벽돌을 두드리기 시작했다.

"다들 두드려 보세요. 가벼운 소리가 나는 벽돌이 있을 거예요."

천년손이의 말에 강길과 지우, 수아는 벽돌들을 조심스럽게 두드려 보았다. 얼마 지나지 않아 지우가 말했다.

"여기요, 여기 왼쪽 벽돌이요."

정말로 다른 벽돌과 다르게 그 벽돌만 통, 하고 가벼운 소리가 났다.

"맞아요. 그런 벽돌이 더 있을 거예요. 찾아보세요."

수아가 소리쳤다.

"오라버니, 여기요. 여기도 있어요."

"형님, 여기도요."

다들 벽돌을 찾아냈다.

"잠시만요."

천년손이가 허공에 붓 하나를 불러내더니, 찾아낸 벽돌에 동그라미를 표시했다.

"이건 마름모잖아요."

천년손이가 동그라미 친 벽돌들은 커다란 마름모의 꼭짓점이 되는 곳에 있었다.

"여길 동시에 누르는 걸까요, 아니면 순서가 있을까요?"

"음, 둘 다 해봐야죠. 다 같이 해볼게요. 하나, 둘, 셋!"

천년손이가 외치는 소리에 맞춰서 벽돌 네 개를 네 사람이 동시에 눌렀다. 쑥 들어간 벽돌들은 빙그르르, 돌아가더니 철커덕, 소리를 내면서 돌아가기 시작했다.

"동시에 누르는 게 맞았네요."

"벽돌들이 돌아가는 것도 규칙이 있는 걸까요?"

수아가 말했다. 다들 벽돌이 움직이는 걸 한참을 보았다. 벽돌들은 제각각 돌아가는 것 같았지만, 어느 순간 딱 맞아

떨어지는 때가 있었다.

"앗, 지금이에요. 벽돌들이 한 줄로 맞춰지는 때 들어가야 돼요."

벽돌들은 다시 빠르게 철커덕 소리를 내면서 돌아갔다.

"저 벽돌들이 일자로 맞춰질 때 뛰어들면 됩니다. 어렵지 않아요. 자신을 믿으세요."

천년손이는 다시 벽돌들이 한 줄로 틈을 내는 순간을 놓치지 않고 잽싸게 몸을 날렸다. 천년손이의 모습이 벽돌 사이로 스며들듯 사라졌다.

"지우야, 할 수 있겠어?"

지우는 속으로 숫자를 세고 있었다.

'하나, 둘, 셋, 안 되네. 하나, 둘, 이것도 느려. 그럼, 하나, 하나 반, 인가.'

"내가 먼저 들어갈게. 이대로 뛰어."

강길이 지우에게 시범이라도 보이듯 움직이는 벽돌들 사이로 뛰어들었다. 마지막으로 남은 수아가 걱정스러운 목소리로 말했다.

"지우야, 괜찮겠어?"

"그럼, 당연하지. 학교에서 이런 거 자주 해. 단체 줄넘기랑 똑같아."

지우가 너스레를 떨면서 웃었다.

"그럼, 지우 너 먼저 가."

"나 먼저?"

"응, 너 먼저."

하지만 지우는 왠지 수아 앞에서 머뭇거리는 모습을 보여주고 싶지 않았다.

"아니야. 너 먼저 해. 인간들은 이런 걸 '레이디 퍼스트'라고 하거든."

"레이디가 뭔데? 여자, 뭐 이런 뜻이야?"

"응, 네가 안전하게 가는 거 보고 나도 따라갈게. 이 정도는 누워서 떡 먹기야. 할 수 있으니까 걱정 마."

"그럼, 바로 들어와. 알았지?"

수아는 몇 번이고 다짐하듯 말한 다음, 돌아가는 벽돌들 사이로 뛰어들었다. 이제 지우 차례였다.

'이건 단체 줄넘기랑 똑같아. 하나, 둘, 하나, 둘, 박자만 잘 세면 돼. 걱정할 것 없어.'

하지만, 지우가 우려하던 일은 현실이 돼버렸다.

"하나, 둘, 하나!"

지우는 벽돌이 일렬로 맞춰지던 순간 뛰어들었다. 그런데 뭔가 이상했다. 주변이 캄캄하고 조용했다.

"뭐야. 수아야, 강길, 천년손이님!"

대답이 없었다. 웅웅거리는 소리만 메아리처럼 되돌아왔

다. 천년손이, 수아, 강길은 두 번째 벽 안쪽으로 무사히 들어갔지만, 지우는 갇히고 만 것이다, 벽과 벽 사이에.

"아, 어떡하지?"

지우는 마구 서성였다.

"아, 어떡해. 아무도 없어. 아아, 큰일 났네!"

그러던 어느 순간 문득 천년손이의 목소리가 들려오는 것 같았다.

'자신을 믿으세요.'

마구 떨리던 지우의 가슴이 차분하게 가라앉았다.

"그래. 나한텐 환혼석도 있고, 귀신 사탕도 있어. 너무 겁먹지 말자. 분명히 천년손이님이랑 수아, 강길이 찾으러 올 거야. 천년손이님 말대로 스스로를 믿어보자."

지우는 마음을 다잡았다. 거짓말처럼 멀리서 불빛이 노르스름하게 빛나고 있는 게 보였다.

"좋아. 불빛이 있다는 건 누군가 있단 뜻이야. 그게 누가 됐든 확인해 보자."

지우는 불빛을 향해 용감하게 걸어갔다.

13. 벽 사이에 갇힌 지우

불빛은 어느 골목에서 흘러나오고 있었다. 자그마한 집들이 길을 따라서 양쪽으로 다닥다닥 붙어 있었다.

"벽 속에 누가 살았나 봐."

지우가 중얼거렸다. 어느 집에는 아기 옷이 걸려 있고, 어느 집에는 이동 두루마리가 펄럭거리고 있었다. 집 주인들이 급하게 도망쳤는지, 미처 다 챙기지 못한 짐들이 골목 여기저기에 버려져 있었다.

그때 지우의 발치로 무언가가 데굴데굴 굴러왔다. 어둠 속에서도 새하얗게 빛나는 그것은 동그스름하고 단단한 두 개골이었다.

"으아아악, 해, 해골!"

지우는 머리카락이 쭈뼛 섰다. 해골은 입을 열어서 또박또박 말했다.

"돌아가. 위험해."

"으으으. 너, 넌 누군데?"

"침내골, 침내골, 침내골······. 내 베개 어딨어?"

기록 시작을 외치려던 지우는 멈칫했다.

"베, 베개?"

더럽고 다 찢어진 낡은 베갯잇이 데굴데굴 굴러왔다.

"내 베개, 여기 있다."

베갯잇으로 쏙 들어간 해골이 중얼거렸다.

"돌아가. 위험해."

"기록 시작, 침내골."

"돌아가······ 위험······."

침내골은 중얼거리다가 책 속으로 빨려들어갔다.

침내골

베개 속에 들어 있는 해골 요괴. 원수를 갚고 싶거나 복수하고 싶은 사람이 있을 때 이 베개를 그에게 주면 악몽을 반복해서 꾸고, 결국 초췌해져 몸을 가누기 어려울 정도가 된다.

ー「어우야담」

지우가 『기억의 책』을 끌어안고 다시 발걸음을 옮기려는데, 웬일인지 다리가 꿈쩍도 하지 않았다. 다리를 내려다본지우가 빽 소리쳤다.

"으아아아아, 내 발, 내 발!"

거무스름하고 희미한 형체가 땅에서 솟아 나와 지우의 발목을 단단히 움켜쥐고 있었다. 삐죽삐죽 솟아난 거무스름한 손은 한두 개가 아니었다. 수십 개의 검은 손들이 여기저기 솟아 있었다.

"너흰 뭔데?"

"얘들은 땅에 사는 지박령이야."

누군가 대신 대답했다. 덩치가 작은 아주머니였다. 아주머니는 태연했지만, 갑작스레 나타나는 바람에 지우는 깜짝 놀랐다.

"아이, 깜짝이야. 아주머닌 누구세요?"

"아, 난 우렁각시야."

아주머니 등에 커다란 우렁이 껍데기가 붙어 있었다.

"우렁각시요?"

"응, 난 버려진 요괴들을 돌봐왔단다."

우렁각시는 고슬고슬하게 지어진 주먹밥을 지박령들 손에 하나씩 쥐여주었다.

"이 벽 속의 마을엔 요괴들이 많이 살았단다. 지금은 인

간들에게 잊혀서 대부분 소멸됐지."

"남은 요괴들이 아직 더 있어요?"

"이제 마을에 남은 거라고는 아까 그 침내골이랑 지박령들이랑 나, 그리고 내가 돌보는 애들 몇이 다란다. 그 책에 요괴들을 봉인…… 하는 거니?"

지우는 잠시 고민하다가 고개를 끄덕였다. 우렁각시가 부드러운 소리로 물었다.

"죽이려는 거니, 아니면 살리려는 거니?"

"살리려고요. 이 책에 봉인해서 인간계로 데려갈 거예요. 인간 아이들이 책을 읽고 요괴들을 기억할 수 있도록요."

우렁각시는 그 말에 부드럽게 웃었다. 인자하고 따뜻한 표정이었다. 명계에서 만났던 삼신할미가 떠올랐다.

"참으로 착한 아이구나. 혹시…… 아니, 아니다."

우렁각시는 무언가 물어보려다가 고개를 저었다. 지박령들은 그새 주먹밥을 먹느라 고분고분하게 지우를 놓아주었다. 우렁각시의 말이라면 고분고분하게 잘 듣는 모양이었다.

"뭔데요? 물어보세요. 제가 아는 거면 대답해 드릴게요."

"음, 넌 인간이니까 선계 소식은 잘 모를 것 같아서……."

"어떤 게 궁금하신데요?"

"혹시…… 음, 살장군이라고 아니?"

우렁각시의 얼굴이 붉게 물들어 있었다.

"어? 알아요, 살장군. 여기 와 있어요."

"뭐, 뭐라고? 살장군이 여기에 와 있다고?"

우렁각시의 얼굴에 반가움의 빛이 스쳤다.

"네, 근데 살장군은 무명을 잡으러 온 거라서……. 아마 무명이랑 싸우고 있을 거예요."

"무명님이랑 싸우러 왔다고, 살장군이? 그럼 안 되는데. 아아, 그럼 안 돼. 설마 그 아이도 함께 온 걸까? 아니, 이제 아이가 아니지. 아, 둘이 만나면 안 되는데, 어쩌지."

우렁각시는 무슨 말을 하고 싶은지 갑자기 횡설수설했다.

"아주머니, 그게 다 무슨 소리예요?"

"너 혹시 여기까지 혼자 온 거니? 아니지? 인간이 이 험한 데를 혼자서 올 수는 없었을 텐데?"

"네, 같이 온 친구들이 있어요. 그 친구들은 두 번째 벽 안으로 들어갔고, 저만 벽에 갇혀서 이렇게 됐어요."

"그랬구나. 날 그 친구들에게 데려다주겠니? 살장군에게 꼭 전할 말이 있어. 직접 말해줘야 해."

우렁각시가 절실한 표정으로 말했다.

"저도 그러고 싶은데, 여기가 어딘지 길을 모르겠어요."

"그건 걱정 안 해도 돼. 내가 길을 알고 있어."

그 와중에도 지박령들은 땅바닥에서 손만 내밀고 있었다.

"잠시만요. 얘들부터 봉인할게요."

지우가 책을 펼쳤다.

"기록 시작, 지박령."

금혈어를 잡았을 때처럼 검고 가느다란 줄들이 『기억의 책』에서 쏟아져 나왔다. 검고 가느다란 줄들은 지박령들을 움켜쥐고 책 속으로 들어가버렸다.

"기록 끝."

붉은빛이 번쩍하는가 싶더니, 지박령에 대한 이야기가 책에 기록되었다.

> **지박령**
> 특정한 땅이나 지역에 머물러 사는 귀신이다. 저승으로 떠나지 못하고 원한에 사무쳐 그 지역에만 머물러 있다. 원한을 풀어주면 저승으로 떠난다.
> – 「어우야담」

숨어 있던 요괴들이 하나둘 얼굴을 내밀었다. 얼굴이 새카만 꺼먹살이도 있었고, 흙에 사는 물고기 요괴인 토어도 있었다. 다들 지우보다 한참이나 작았다.

"그 책에 기록되면 이 아이들도 인간들에게 기억될 수 있는 거지?"

"네, 그러려면 꼭 다시 인간계로 돌아가야 해요."

"그래, 나도 도울게. 애들아, 걱정 말고 이 책으로 들어가렴. 이제 다시 힘을 얻고 자유로워질 거야."

어린 요괴들이 훌쩍거렸다. 우렁각시도 슬퍼 보였다.

"이쪽으로 가면 두 번째 벽으로 곧장 갈 수 있어."

지우는 우렁각시를 따라서 두 번째 벽으로 갔다. 가는 길에 마주친 버려진 요괴들도 모두 봉인했다.

하늘에서 후드득 소리를 내면서 쏟아지는 괴우, 귀신 붙은 불상인 귀불, 불상에서 아무 이유 없이 갑자기 핏물이 주르륵 쏟아지는 기루, 혼자 아무 때나 울려대는 기석종, 먹으면 웃음이 나온다는 목면지까지 모두 책에 빨려 들어갔다. 태어나서 처음 들어보는 낯설고 괴이한 요괴들의 이야기가 『기억의 책』을 계속 채워나갔다.

지우는 벽 속을 걸으며 우렁각시에게 그동안 천년손이와 함께 해왔던 수많은 모험에 대해 들려주었다.

"어머나, 세상에……. 참으로 용감하기도 하지. 넌 인간이지만, 누구 못지 않게 용감하면서도 선하구나."

우렁각시의 따뜻한 말을 들은 지우는 뿌듯하고 행복했다.

14. 두 번째 벽, 거대하에 잡아먹히다

얼마나 갔을까, 앵앵거리면서 모기 한 마리가 날아왔다. 모기는 우렁각시 팔에 한참을 앉아서 무언가를 속삭이더니 다시 날아갔다.

"그럴 줄 알았어. 네 친구들은 저 안쪽에 있대. 따라오렴."

우렁각시는 지우를 안내했다. 잠자코 우렁각시 뒤를 따르던 지우가 발걸음을 멈추었다. 그러다가 눈을 동그랗게 뜨고는 하하, 웃었다.

"아, 아, 저, 저건 뭐예요."

하늘에 거대한 새우가 꼬리를 돌돌 만 채 떠 있었다. 거대한 새우의 거대한 발들이 헤엄이라도 치듯 마구 움직였다.

"잠깐만."

우렁각시는 새우의 발가락에 매달리더니 가까스로 새우 콧등까지 기어 올라갔다.

"앗! 아주머니, 내려오세요. 지금 뭐 하시는 거예요?"

지우가 놀라서 소리쳤다.

"지우야, 너도 이리 오⋯⋯."

우렁각시가 말을 채 끝맺기도 전에 거대한 새우 요괴는 우렁각시를 꿀꺽 삼켜버렸다.

"아, 앗⋯⋯ 아, 아주머니!"

지우는 너무 놀라서 입을 떡 벌린 채 얼음처럼 굳었다.

"앗, 뭐, 뭐야. 야, 너 뭐야! 빨리 우렁각시님 내놔! 환혼석 할아버지, 일어나봐요. 얘가 우렁각시님을 먹어버렸어요!"

지우가 환혼석을 불러댔다.

"하암, 은인님, 또 어쩐 일이여?"

환혼석이 기지개를 늘어지게 켰다.

"할아버지, 쟤가 우렁각시님을 먹어버렸어요. 하, 어떻게 해요. 우렁각시님이 여기서 나가는 길을 알려준댔는데⋯⋯ 저 요괴가 먹어버렸어요."

"으응? 저건 거대하잖여."

"그래요. 거대하죠."

지우가 울상이 되어 대답했다.

"아니, 저거 거대하라고."

"그래요, 거대하다고요."

지우가 새우 요괴를 올려다보면서 한숨을 내쉬었다.

"아이고, 참말로. 은인님, 저건 '거대하'라는 새우 요괴여. 이름이 거대하라고."

"에엥? 진짜요? 그럼 어떻게 하죠?"

지우는 『기억의 책』을 펼쳤다가 손을 내렸다. 이대로라면 저 거대하와 함께 책 속으로 빨려 들어갈 게 분명했다. 그때 거대하의 커다란 입이 쩍 벌어졌다. 동굴처럼 넓었다.

"지우야, 뭐 하니. 안 들어오고."

거대하의 입안에 편안하게 서 있는 우렁각시를 보고 지우가 깜짝 놀라서 소리쳤다.

"앗! 아주머니, 잡아먹힌 거 아니었어요?"

"어머, 잡아먹히다니. 거대하가 얼마나 순한 앤데. 호호."

"순하다고요?"

"응, 어서 들어와."

우렁각시는 지우를 거대하의 입안으로 끌어당겼다. 바닥에 물컹한 분홍빛 카펫이 깔려 있는 것 같았다. 거대하가 입을 다무는 순간, 주변이 캄캄해졌다. 한참을 꿀럭꿀럭 소리와 함께 어디론가 움직이는 것 같더니, 갑자기 주변이 환해졌다.

"아주머니, 이건 또 뭐예요?"

펑, 펑, 하고 요란한 폭발음이 들려왔다.

"콜록, 콜록, 어후, 이게 다 뭐야."

지우가 새카만 연기를 뒤집어쓴 채 걸어 나왔다.

"조심해."

우렁각시가 손을 휘저으면서 뒤따라 나왔다. 지우의 뒤로 높다란 벽이 있었다. 주변을 둘러보니 벽 안쪽과 다른 풍경이 펼쳐졌다. 거대하를 타고 벽에서 나온 것이었다.

그때, 퍼퍼펑, 소리가 나면서 하얀 불꽃이 커다랗게 솟아올랐다. 뒤이어서 노르스름한 불꽃도 연달아 터져 나왔다. 지우는 거대하를 『기억의 책』에 봉인해 주었다.

거대하

어느 날 제비 한 마리가 날아가다가 잠시 쉬기 위해서 바다 위에 있는 커다란 나무의 기둥 위에 앉았다. 제비는 나무 기둥에서 잠시 쉬다가 다시 날아서 해질 무렵 다시 쉴 곳을 찾았다. 그런데 아까 앉았던 것과 똑같이 생긴 나무 기둥을 발견하고 거기 앉아 쉬었다.

그런데 사실은 이 제비가 앉았던 곳은 거대한 새우의 뿔이었다. 제비 딴에는 하루 종일 날았지만, 알고 보니 새우의 뿔과 뿔 사이를 오간 것이었다. 바다 깊은 곳에 있는 이 새우는 고래보다도 커서 거대하라고 불린다.

－「조선 민담집」

한편 천년손이 일행은 지우를 애타게 찾고 있었다.

"수아야, 벽은 어때. 조금이라도 무너졌니?"

까만 연기 사이로 천년손이 목소리가 들려왔다.

"아니요, 아직이요. 오라버니. 이 벽 너무 단단해요. 이 정도 폭약으론 꿈쩍도 안 할 것 같아요. 다른 방법을 써야 할까 봐요."

수아 목소리가 시무룩하게 들려왔다.

"형님, 용용이랑 위에서 다시 쳐볼게요. 형님은 아래쪽을 쳐주세요."

강길 목소리도 들렸다.

"그러다가 지우가 다치기라도 하면 어떡해요. 지우를 찾을 다른 방법은 없어요?"

그때, 멀리서 지우의 목소리가 들렸다.

"수아야, 강길, 천년손이님! 저예요."

"어머, 지우야!"

수아와 강길, 천년손이가 한꺼번에 지우에게 달려왔다.

"지우님, 어떻게 된 거예요? 혹시 벽 속에 갇혔던 겁니까?"

천년손이가 걱정스럽게 보며 말했다.

"어떻게 된 거야. 지우야, 얼마나 찾았는 줄 알아?"

강길이 지우를 부둥켜안았다.

"으이그, 이 말썽쟁이! 아무것도 아니라고 걱정 말라더니."

수아가 지우의 뺨을 두 손으로 잡아당겼다.

"어머나, 세상에!"

뒤따라 오다 천년손이를 본 우렁각시는 손으로 입을 가린 채 눈이 동그래졌다.

"지우님, 어디 다치거나 한 건 아니죠? 그런데 이분은 누구시지요?"

우렁각시는 천년손이와 눈이 마주치자 몸을 부르르 떨면서 어머, 어머, 소리만 한참 했다. 그러고는 천년손이를 이리 돌아보고, 저리 돌아보고 머리부터 발끝까지 몇 번이고 훑어보았다.

"세상에…… 허, 참, 호호. 세상에……."

우렁각시는 놀라움과 반가움이 뒤섞여서 말이 안 나오는 눈치였다. 그제야 천년손이는 짚이는 데가 있다는 듯 말했다.

"우렁각시…… 맞지요? 선계에서 사라진 지 오래라고 들었습니다. 살장군의 부인…… 이셨잖아요."

"뭐어어어? 살장군의 부인? 오오, 진짜요?"

강길이 호들갑을 떨었다.

"살장군에게 부인이 있었어요?"

수아도 깜짝 놀랐다.

"오래전에 갑자기 집을 떠났다고만 들었어."

천년손이가 작은 소리로 대답했다.

"아아, 도련님."

우렁각시는 눈물이 그렁그렁해서는 천년손이의 볼을 가만가만 쓰다듬었다. 사랑과 애정이 잔뜩 묻어나는 손길이었다. 다들 놀라서 우렁각시를 빤히 쳐다보았다.

"흐흐흑, 이렇게 잘 크셨군요. 마님이 보셨으면 얼마나 좋아하셨을까요."

우렁각시의 눈에서 눈물이 뚝뚝 떨어졌다.

"마님이요? 혹시 어머니를 말씀하시는 건가요?"

천년손이가 의아한 표정으로 물었다.

"네, 모든 건 이 일이 다 끝난 다음 말씀드릴게요. 도련님."

우렁각시가 공손하게 고개를 숙였다.

"제가 도련님의 이름도 모르는군요."

"천년손이입니다. 천년 가문의 유일한 후손이에요."

모든 걸 다 아는 천년손이도 이 일만큼은 영문을 몰라서 어리둥절해하고 있었다.

"유일하지 않아요. 곧 가족을 만나실 거예요."

"그게 무슨 말이에요? 오라버니한테 다른 가족이 있어요?"

수아의 말에 강길이 어깨를 으쓱하면서 머리를 슬쩍 가리켰다. 우렁각시가 버려진 요괴들의 도시에 너무 오래 살아서 머리가 이상해진 건 아니냐는 듯한 눈빛이었다. 수아가 강길의 옆구리를 힘껏 꼬집었다.

"아얏, 아니, 난 형님한테 가족이 어디 있나 해서 그러지."

우렁각시는 그런 강길마저 이해한다는 듯 부드럽게 미소 지었다.

"괜찮습니다. 아무도 모르는 일이니까요. 그나저나 도련님, 살장군은 지금 어디에 있습니까?"

"무명과 싸우고 있을 거예요. 노상군과 같이 갔어요."

그 말을 들은 우렁각시가 입술을 잘근잘근 깨물었다. 하고 싶은 말이 많은 표정이었다.

"서둘러야겠네요. 그럼 안 돼요. 그래선 안 됩니다. 제가 살장군에게 모든 걸 말할 거예요."

우렁각시는 무슨 말인지 알쏭달쏭한 말을 중얼거렸다. 강길 말대로 버려진 요괴들의 도시에 오래 살아서 정신이 오락가락하는지도 몰랐다.

천년손이가 지우에게 물었다.

"지우님, 혹시 벽 안쪽에서도 요괴들을 만났나요? 『기억의 책』에 다 기록하셨어요?"

"네, 이것 보세요. 책이 제법 두툼해졌어요."

지우가 『기억의 책』을 내밀었다. 팔랑팔랑 넘어가는 책장마다 빼곡하게 요괴들이 적혀 있었다.

"와, 지우야, 너무 잘했어. 진짜 대단하다. 네가 직접 『요괴 도감』을 만든 것 같아. 호호호."

수아가 감탄하면서 지우 어깨를 두드려 주었다. 강길도 활짝 미소 지었다.

"위험하진 않았어? 우리 용용이도 없고, 수아도 없고, 나도 없는데 어떻게 이렇게 많이 모았어? 와, 김지우 이제 혼자서도 잘하는걸? 히히."

"우렁각시님이랑 같이 다니는 동안 요괴들이 알아서 모여들었거든. 우렁각시님께서 길을 알려주신 덕분에 편하게 요괴들을 기록할 수 있었어."

"하, 정말 다행이야. 형님, 이제 어떻게 하죠? 이대로 세 번째 벽으로 가면 될까요?"

다들 천년손이를 보았다. 천년손이가 고개를 끄덕였다.

"네, 이제 정말 서둘러야겠어요. 이곳이야 위험한 요괴들이 없어서 괜찮았지만, 살장군이 싸우고 있는 안쪽에서는 지금쯤 싸움이 치열할 거예요."

"지금 어디로 가시려는 거지요, 도련님?"

우렁각시가 물었다.

"세 번째 벽으로 가려고 해요. 혹시 길을 아십니까, 우렁각시님?"

"그럼요. 지름길을 알아요."

우렁각시는 천년손이 일행을 데리고 어디론가 한참을 갔다.

"이곳이에요."

어둠 속에서 노르스름한 돌 하나가 희미하게 빛나고 있었다. 길 한쪽 구석에 놓인 데다 워낙 작아서 우렁각시의 말이 아니었다면 다들 그냥 지나칠 뻔했다. 천년손이와 지우가 거의 동시에 물어보았다.

"이게 뭐예요?"

우렁각시가 대답했다.

"귀문혈이에요. 귀신들만 드나드는 곳이죠. 여길 통하면 세 번째 벽으로 곧장 들어갈 수 있어요."

천년손이가 돌멩이 앞에 몸을 굽혀 앉았다.

"어떻게 들어가지요?"

"준비되셨나요?"

우렁각시는 지우와 수아, 강길을 돌아보면서 물었다. 다들 긴장한 표정으로 고개를 끄덕였다.

"잘 따라오셔야 합니다."

우렁각시가 귀문혈을 힘껏 밟았다. 귀문혈에서 파란 빛이 솟아나면서 우르르릉, 소리가 났다. 귀문혈 주위의 땅바닥이 요란하게 흔들리더니 쿵쿵, 소리를 내면서 순식간에 무너져 내렸다.

"으아아아!"

땅이 갑자기 꺼져서 다들 비명을 지르며 떨어져 내렸다. 바닥엔 놀랍게도 몹시 차가운 물이 있었다. 풍덩, 하며 지우, 수아, 강길, 천년손이, 우렁각시 순으로 물에 빠졌다.

"앗, 차가워!"

지우는 놀라서 허우적댔다. 새파랗다 못해 검은 빛이 도는 물이 지우를 덮쳐왔다.

15. 세 번째 벽, 초수에 빠지다

"사람 살려!"

지우는 손발을 허우적거렸다. 손발을 휘저을 때마다 맵고 쓴 물이 콧구멍과 입으로 마구 넘쳐 들어왔다. 옆에선 커다란 뱀과 개구리들이 죽은 채 둥둥 떠다녔다.

"수, 아……. 강…… 길, 천……년손……."

부르고 싶어도 물 때문에 제대로 부를 수가 없었다.

'이게 웬 물이지? 갑자기 어디서 물이 솟아난 거야?'

지우는 어떻게든 헤엄을 치려 했지만, 물은 희한하게도 너무나 묵직했다. 물이 아니라 꼭 돌덩이 같았다.

'수아랑 강길을 찾아야 하는데…….'

한참을 허우적대던 지우의 손을 누군가 힘껏 끌어올렸다.

"컥, 컥. 하아, 하아, 하아."

지우가 꿀렁하고는 물을 한 모금 토해냈다.

"욱, 쿨럭, 쿨럭, 우욱, 으윽……."

물이 어찌나 매운지, 고춧물을 한 바가지는 마신 것처럼 목구멍이 따갑고, 콧물이 줄줄 흘렀다.

"뭐야. 뭔데 이렇게 매워."

지우가 눈을 비비면서 으윽, 고통스러운 소리를 냈다.

"초수요."

누군가 옆에서 대답해 주었다. 지우는 그 와중에도 꼭 끌어안고 있던 책을 펼쳤다.

"기록 시작, 초수."

『기억의 책』은 지우를 집어삼키려고 했던 초수를 순식간에 빨아들였다. 책에 초수에 대한 이야기가 새로 씌어졌다.

초수

아픈 곳을 낫게 하고 땅을 비옥하게 하는 약수. 이 물은 땅속에서 솟아나는데, 매우 차갑고 쓰다. 가끔 뱀이나 개구리가 뛰어들면 곧 죽었다. 세종대왕은 눈병이 났을 때 이 물로 매일 씻었다고 한다. 약이 되기도 하고, 독이 되기도 하는 물이다.

― 「청파극담」

"누, 누구세요?"

지우가 눈을 비비면서 아까 들려온 목소리를 향해 물었다. 몸이 잔뜩 젖어 있어서 으스스한 한기가 느껴졌다. 다행히 환혼석의 기운이 지우의 몸을 순식간에 말려주었다. 뽀송하게 마른 지우를 향해 부드러운 목소리가 대답했다.

"지우님, 이건 초수라고 하는 물입니다. 조금만 늦었어도 목숨이 위험했을 겁니다."

귓가에 착 감겨드는 부드러운 목소리, 희미한 달빛에 반짝거리는 검은 눈동자, 목덜미에 돋아 있는 푸르스름한 용비늘, 치렁치렁하게 늘어뜨려진 검은 머리카락, 지우는 자신을 구해준 사람을 보고는 놀라서 벌떡 일어났다.

"엇, 자래 왕자님!"

용궁에서 만났던 자래 왕자가 온화한 미소를 지은 채 지우를 바라보고 있었다.

"용궁에 계시는 거 아니었어요?"

"살장군이 도움을 요청해서 달려왔습니다."

자래 왕자가 지우를 일으켜 주었다. 자래 왕자의 목소리가 어찌나 감미로운지, 지우는 물소리가 찰박이는 시냇가에 서 있는 것 같은 착각이 들 정도였다.

"수아랑 강길은요? 천년손이님이랑 우렁각시님은 다들 어디 계세요?"

"저기 있어요. 다들 괜찮습니다."

챙챙, 하고 칼들이 부딪치는 요란한 소리가 들려왔다. 멀리 떨어지지 않은 곳에서 밀영들과 검은 그림자들이 싸우고 있었다. 검은 그림자들은 무명의 부하들이었다. 하얀 옷을 입은 밀영들이 번쩍, 번쩍, 소리를 내며 칼을 휘두르고 있었다. 밀영들이 해골 산을 기어이 넘어서 요괴들의 도시 가장 안쪽까지 밀고 들어온 모양이었다. 그들 한가운데에 새하얀 갑옷을 입은 살장군이 싸우고 있었다.

"엇, 살장군님이다!"

살장군이 공중에서 황금 그물을 던졌다가 잡아당기기를 반복하고 있었다. 천하제일검 살장군의 특기인 천라지망세를 펼치고 있는 것이었다.

"쿨럭, 쿨럭……. 아이고, 하마터면 은인님이랑 같이 죽을 뻔했당께. 은인님은 왜 항상 그렇게 위험한 짓만 골라 하냔 말이여."

어느새 깨어난 환혼석이 지우의 머리카락을 붙든 채 중얼거렸다.

"환혼석 할아버지, 저기 봐요. 살장군님이 싸우고 있어요. 오오, 완전 멋있어요."

지우는 눈을 크게 뜨고 바라보았다.

"살장군이 누구랑 싸우는 게 하루 이틀이여? 노상 하는 일이고만. 뭣이 그렇게 새삼스럽다고 쳐다본다나잉.”

관심 없는 듯 말했지만, 이내 환혼석도 지우의 머리카락을 잡아당기면서 소리쳤다.

“그려, 거기, 거기. 아이고, 확 걷어차 버렸어야 되는디! 아깝고마잉.”

환혼석은 비장한 표정으로 소리를 질러댔다. 살장군과 등을 대고 검은 그림자들과 싸우고 있는 요괴사냥꾼 노상군도 보였다.

“금돼지!”

노상군 재훈 샘이 부를 때마다 금돼지가 사방으로 굴러다니면서 검은 그림자들을 뭉갰다.

“위험하니 지우님은 여기 계세요.”

자래 왕자가 소매를 허공에서 몇 번 휘저었다. 그러자 지우 주변에 떨어져 있던 물방울들이 스르르르 모여들더니, 동그스름하게 형체를 갖춰갔다. 달빛을 받은 물방울들은 푸르스름하면서도 투명하게 빛나는 물의 병사가 되었다. 지우처럼 갑옷을 입고 창을 들고 있었는데 그 모습이 마치 살아 있는 진짜 병사 같았다.

“이 물의 병사가 지우님을 지켜줄 것입니다.”

자래 왕자는 파랗게 빛나는 검을 들고 살장군이 싸우는 곳으로 달려갔다. 자래 왕자가 파란 검을 휘두를 때마다 철

썩거리는 파도 소리가 나면서 물결이 일었다. 쏴아아, 하고
물이 쏟아져 나오면 검은 그림자들이 흠칫 놀라며 뒤로 물
러섰다.

"지우야, 괜찮아?"

수아가 달려왔다.

"응, 강길은?"

"이 몸은 여기 있지."

강길이 기다란 검을 휙 하고 빼 들며 웃었다. 어느새 슬금
슬금 다가오던 검은 그림자들이 강길과 물의 병사가 휘두르
는 검에 저만치 밀려났다.

"조심해."

수아의 구미호 꼬리 세 개가 삐죽이 솟아올랐다. 위험을
느끼고 치마 밖으로 삐져 나온 것이었다.

"천년손이님은?"

"모르겠어. 우렁각시도 안 보여."

그때 어디선가 낮은 붕붕 소리가 들려왔다.

"뭐지, 이 소린?"

"지우 너도 들려?"

"응, 이건 또 무슨 소리야?"

지우와 수아, 강길이 놀라서 마주 보았다. 검은 그림자들과
싸우고 있던 밀영들과 살장군, 노상군도 그 소리를 듣고는

멈칫했다.

"초수를 봉인하지 말걸 그랬네잉."

환혼석이 지우의 목덜미로 단단히 숨으면서 중얼거렸다. 지우의 경귀석 갑옷이 보라색으로 변해 있었다. 순간, 검은 알갱이들이 떼를 지어 날아왔다.

"으아아아, 저건 또 뭐야?"

쉬이이익, 소리를 내면서 날아오는 것은 셀 수 없이 많은 벌떼였다.

"저건 무덤에 사는 벌, 신봉이야. 죽은 사람의 원한을 먹고 자라지."

물의 병사가 물의 검을 빠르게 휘둘렀다. 검은 그림자들과 싸우던 살장군과 노상군, 밀영 등도 벌떼를 막아내느라 정신이 없었다. 모두가 동시에 칼을 마구 휘두르는 바람에 서로 등을 맞대고 싸우던 동그스름한 진의 모양이 깨지고 말았다.

"이때다. 뚫어라!"

검은 그림자들이 우르르 몰려나왔다. 검은 그림자들과 벌떼들을 동시에 상대하느라 노상군과 살장군은 좀처럼 앞으로 나아갈 수가 없었다.

"물의 병사, 여기 좀 막아줘!"

수아의 말에 물의 병사가 칼을 마구 휘둘러대자, 물방울

이 후두둑 떨어졌다. 그 많던 벌들이 물방울을 피해서 순식간에 흩어졌다.

"벌들이 물의 병사한테 밀려났어!"

강길이 소리쳤다. 신봉들은 물이 무서웠는지, 가까이 오려다가도 되돌아갔다.

"다들 제 뒤로 피하세요!"

자래 왕자가 소리쳤다. 다들 재빨리 자래 왕자 뒤로 돌아갔다. 자래 왕자는 검을 휘둘렀다. 철썩거리는 파도 소리가 나면서 주변에 물의 막이 생겨났다. 투명하고 차가운 물의 장막을 벌들은 뚫지 못했다. 날아오다가도 물의 막에 가로막혀서 되돌아가야만 했다. 그때 어디선가 익숙한 목소리가 들려왔다.

"지우님, 지금이에요. 벌들을 봉인하세요!"

지우가 달려가서 『기억의 책』을 펼쳤다. 수아와 강길이 양쪽에서 책을 붙잡았다.

"기록 시작, 신봉!"

휘리리릭, 소리를 내면서 검고 가느다란 줄들이 마구 쏟아져 나왔다. 검은 줄들은 수많은 벌을 모조리 붙잡아서는 다시 책으로 들어가버렸다. 『기억의 책』 한쪽에는 신봉에 대한 이야기가 기록됐다.

지우는 그제야 뒤를 돌아보았다. 천년손이가 청록색 소매
를 펄럭거리면서 지우 뒤에 서 있었다. 머리에선 물이 뚝뚝
떨어지고 있었지만, 언제나처럼 든든하고 다정한 천년손이의
모습 그대로였다.

16. 검은 그림자를 휘어잡는 채찍

"도련님, 어디 갔다가 이제 오십니까?"

살장군이 야단했다.

"살장군, 할 얘기가 많은데요."

"일단 여기부터 정리하고요."

살장군은 허리에 차고 있던 새하얀 검을 천년손이에게 던졌다. 천년손이는 허공으로 날아올라서 새하얀 검을 받아들고는 뒤에서 몰래 날아든 검은 그림자를 소멸시켰다.

"살장군, 제가 방금 누굴 만났는지 아십니까?"

살장군이 휘파람을 휘이익, 하고 불었다. 이리저리 흩어져 있던 밀영들이 원 모양으로 모여들었다.

"진을 만들어라!"

"예, 장군!"

밀영들이 살장군과 함께 둥그런 진을 만들어서 검은 그림자들과 싸우기 시작했다.

"글쎄요. 도련님이 안 계신 동안 우리가 꽤나 어렵게 싸웠다는 건 알겠네요. 곧바로 돌아오겠다고 해놓고 이제야 오면 어쩝니까?"

살장군 말투에서 언짢은 기색이 느껴졌다.

"후후, 글쎄요. 두 번째 벽에서 제가 누굴 만났는지 안다면 그렇게 말할 수 없을걸요."

천년손이가 빙긋이 웃었다.

"흥, 말이 많군. 꽤 한가해 보여."

노상군이 백륜을 허공으로 날리면서 빈정댔다. 백륜은 공중을 휘이이, 길게 한 바퀴 돌면서 검은 그림자들을 날려버린 다음 다시 노상군에게 되돌아왔다.

"백륜이 두 개가 됐네? 사정이 좀 급했나 봐?"

"흥, 이 정도로 무슨!"

투덜대면서도 노상군과 천년손이는 어느새 어깨를 나란히 하고 검은 그림자들과 싸우고 있었다.

"살장군, 저희도 도울게요."

강길도 달려갔다. 하지만 강길이 달려오는 쪽으로 강풍이 휘이익, 소리를 내면서 불어왔다.

"거기 계세요. 위험합니다. 강길님."

강길을 못 오게 하려고 천년손이가 부적으로 바람개비를 만들어서 일으킨 바람이었다.

"아아, 저도 싸우고 싶은데······."

강길이 검을 휘두르면서 투덜댔다.

"왜애, 하고 싶은 건 해봐야지. 후후."

노상군이 천년손이의 바람개비를 향해 백륜을 날렸다. 바람을 가르며 날아간 백륜은 바람개비에 부딪친 다음 팅, 소리를 내면서 튕겨져 나갔다.

"지금이야."

노상군이 강길을 보고 슬며시 웃었다.

"앗싸, 나도 싸운다."

강길은 바람이 살짝 약해진 틈을 타서 검을 들고 달려갔다.

"지금 뭐 하는 거야. 이 위험한 곳으로 강길님을 부르면 어떡해!"

천년손이의 눈썹이 치켜 올라갔다.

"알아서 하겠지, 뭐."

노상군은 어깨를 으쓱하고는 유유히 다른 방향을 향해서 달려갔다.

"오라버니, 저도 도울게요."

수아도 천년손이에게 달려갔다. 수아는 꼬리로 바람을 일으켜 검은 그림자들을 튕겨냈다.

"위험하다니까. 왜 끼어드는 것이냐."

천년손이가 낮은 소리로 점잖게 야단했다.

"도련님, 무명은 저기 있는 것 같습니다."

살장군이 검은 그림자들이 겹겹이 에워싸고 있는 곳 한가운데를 가리켰다. 그 위로 유난히 검은 구름이 짙게 깔려 있었다.

"무명이 저기 숨어 있는 거죠?"

수아가 묻는 순간, 뒤에서 막 달려온 밀영이 소리쳤다.

"조심하십시오!"

밀영이 검을 휘둘렀다. 수아를 덮치려던 검은 그림자는 퓨우웅, 하고 바람 빠지는 소리를 내더니 색종이처럼 팔랑거리면서 떨어져 내렸다.

"뭐야. 또 생겨났잖아?"

검은 그림자가 사라진 곳에서는 검은 그림자 하나가 기다렸다는 듯이 땅에서 쑤우욱, 솟아났다. 마치 비 온 뒤에 자라나는 대나무 순처럼 검은 그림자는 한 번에 두세 개씩 솟아났다. 하나를 베면 두세 개가 다시 자라나니, 아무리 베어도 검은 그림자는 줄어들지 않았다. 오히려 점점 더 많아졌다.

"이건 도대체 정체가 뭐예요? 아무리 베어도 안 끝나요!"

강길이 검을 빙빙 휘두르면서 소리쳤다.

"아마도 무명이 부리는 꼭두각시겠지요."

천년손이가 잠깐 이야기 나누는 사이에도 검은 그림자들은 계속해서 생겨났다.

"뭐 하는 거냐, 천년손이. 네 주변에만 많잖아!"

노상군이 한심하다는 듯 소리를 쳤다.

"아무렴 너보단 낫겠지."

천년손이가 대꾸했다. 그때 허공에 황금색 타원이 생겨났다. 황금색 원 안에서 저승사자 4호가 걸어 나왔다.

"아이쿠, 여태 무명을 못 잡은 것입니까?"

저승사자 4호가 쓰윽 훑어보더니, 한심하다는 표정으로 손가락에 검은 오랏줄을 끼고는 빙빙 돌렸다.

"여태 못 잡았나니요. 한번 직접 해보십시오."

자래 왕자가 저승사자 4호를 힐끗 쳐다보았다.

"오늘 죽을 망자들이 여럿이라, 저는 금방 돌아가야 합니다. 그나저나 서두르는 게 좋겠군요."

저승사자 4호의 검은 오랏줄이 검은 그림자들을 한꺼번에 서넛 움켜쥐었다. 저승사자 4호가 힘껏 당기자, 검은 그림자들은 그 자리에서 스르르 사라졌다.

"이러면 되지 않습니까. 이제 무명만 잡으면……."

말을 이어가던 저승사자 4호의 눈이 가늘어졌다. 검은 그림자들이 다시 생겨났기 때문이었다.

"응? 저게 뭐죠?"

"그림자가 다시 생겨난 겁니다. 그림자들은 벨 수도 죽일 수도 없고, 소멸도 안 됩니다."

천년손이가 빠르게 대답했다.

"그래도 고작 그림자 아닙니까?"

저승사자가 물었다.

"고작 그림자가 아닙니다. 무명이 만들어낸 거예요."

자래 왕자가 벽파검으로 검은 그림자들을 베며 대답했다.

"받아라, 얍!"

천년손이가 검은 그림자들에게 황금 부적을 날렸다. 황금 부적들이 휘이익, 소리를 내면서 황금 단검으로 변해서 검은 그림자들에게 날아갔다. 퍼퍼펑, 소리를 내면서 검은 그림자들 사이에 구멍이 생겨났다.

"……."

검은 그림자들이 스으읏, 소리를 내면서 흩어졌다.

"살장군, 버려진 요괴들의 도시로 오는 비밀통로를 만든 거죠? 그럼 도깨비 김 서방을 불러주세요."

천년손이가 소리쳤다. 살장군이 주문을 외우자, 도깨비 김 서방이 허공에서 툭, 튀어나왔다. 도깨비 김 서방이 검은 그림자들 사이로 호리병을 던졌다. 파파팟, 소리를 내면서 호리병에서 눈부신 빛이 뿜어져 나갔다. 순간, 주변에 있던 검은 그림자들이 소멸됐다.

"오오, 김 서방 멋있어요!"

지켜보던 지우가 박수를 힘껏 쳤다.

"지우님도 오셨군요."

김 서방이 지우에게 손을 살짝 흔들었다. 김 서방은 이번에는 도깨비 방망이를 붕붕, 소리를 내면서 휘둘렀다. 방망이가 땅바닥으로 내리꽂혔다.

쿠콰쾅, 소리를 내면서 바닥이 요란하게 흔들렸다. 막 솟아나려던 검은 그림자들은 김 서방의 도깨비 방망이에 맞아 소멸되었다. 검은 그림자가 솟아나면 도깨비 방망이가 소멸시키고, 다시 솟아나면 소멸시키기를 반복했다.

"안 되겠다. 흑매탄을 써라!"

검은 그림자들 사이에서 소리가 터져 나왔다. 검은 그림자 중 하나가 자잘한 알갱이를 뿌렸다. 파파팟, 소리를 내면서 검은 알갱이들이 여기저기서 폭발했다.

"앗!"

천년손이와 살장군, 노상군은 동시에 팔을 들어 소매로 입과 코를 막았다.

"쿨럭, 쿨럭!"

기침 소리가 여기저기서 터져 나왔다.

"흑매탄은 신선들에겐 치명적인 독이에요. 모두들 어서 피하십시오."

밀영들이 앞다퉈 말했다.

"우리 걱정은 하지 마십시오."

천년손이는 늠름한 표정으로 앞에 나서서 소매를 휘저었다. 천년손이가 중얼중얼 주문을 외우는 소리와 함께 사방에 자욱했던 검은 안개가 걷혔다.

"이 정도로는 우릴 어쩌지 못한다는 것 정도는 잘 알고 있을 텐데……."

"이제 그만 무명을 내놓아라."

천년손이와 노상군이 말했다. 노상군 옆을 굴러다니던 금돼지도 따라 말했다.

"내놓아라."

흥, 하는 소리와 함께 검은 그림자들이 허공을 마구 할퀴듯 찔러왔다. 날카로운 손톱으로 여기저기 긁어대는 것 같았다. 수아와 천년손이가 함께 소매를 휘저었다. 검은 그림자들이 두 사람을 피해 다른 방향으로 날아갔다. 그 방향에는 지우가 있었다.

"앗, 지우님!"

"내가 있응께 걱정 말어잉."

환혼석이 지우의 어깨에 버티고 서서 으스댔다. 환혼석이 된 풀뿌리 요괴는 새하얀 빛으로 검은 그림자들을 내쫓았다.

"환혼석, 지우님을 지켜줘."

천년손이의 말이 끝나기가 무섭게 환혼석은 기다란 채찍이 되어 지우의 손에 들렸다. 지우의 눈이 동그래졌다.

"와, 환혼석이 채찍으로 변신했어요."

지우는 가슴이 두근두근했다.

"환혼석의 3단 변신입니다. 혹시 몰라서 신경 많이 썼답니다. 하하."

천년손이가 지우에게 손을 흔들면서 부드럽게 웃었다.

"으아아, 천년손이님, 사실 저도 뭔가 해보고 싶었어요."

지우는 천년손이에게 문득 깊은 고마움을 느꼈다. 천년손이는 혹시 모를 이런 상황까지 모두 머릿속으로 계산했을 것이다. 환혼석을 무기로도 사용할 수 있도록 조치를 취해 둔 것도 그래서이고 말이다. 고맙다는 말을 막 하려는데, 천년손이가 말했다.

"지우님, 열심히 일해서 갚으시면 됩니다. 이 모든 게 시간으로 하면 다 얼마인지 모르겠군요. 요새 물가가 많이 올라서, 정안수도 전보다 비싸졌답니다."

지우는 고맙다는 말이 목구멍 속으로 쏙 들어가버렸다.

"뭐 해, 천년손이. 거기서 계속 노닥거릴 테냐. 그럼 무명은 내가 잡는다!"

노상군이 멀리서 소리쳤다. 노상군은 검은 그림자들이 덮쳐오는 걸 몰아내느라 금돼지와 갖은 애를 쓰고 있었다.

"그럴 수는 없지!"

천년손이는 지우를 힐끗 보고는 다시 달려갔다. 지우도 채찍으로 변한 환혼석을 손에 꼭 쥔 채 천년손이 뒤를 쫓았다. 수아와 강길도 달려왔다. 검은 그림자들은 지우의 앞을 막아섰다. 끈적끈적한 검은 손들이 지우의 어깨를 잡으려는 찰나, 채찍이 저절로 뻗어 나갔다.

"그렇게는 안 되지이잉."

채찍으로 변한 환혼석에서 풀뿌리 요괴의 목소리가 들렸다. 쉬이이익, 하는 소리를 내면서 뻗어나간 채찍은 하얀 빛을 뿜어내면서 검은 그림자들을 후려쳤다. 채찍의 하얀 빛이 닿을 때마다 검은 그림자들은 하나도 남김없이 사라졌다.

"어머, 세상에. 지우 정말 대단한데?"

검은 그림자들과 싸우던 수아가 지우에게 손을 흔들었다.

"이거 봐요. 지우가 환혼석으로 소멸시킨 건 되살아나지 않아요!"

강길도 덩달아 소리쳤다.

17. 두 명의 천년손이

"기세는 좋다만, 잔재주는 여기까지다."

노상군이 백륜을 빙빙 회전시켰다. 웅웅, 하는 웅장한 소리를 내면서 백륜이 허공을 날았다. 검은 그림자들이 멈칫했다.

"무명이 어디에 숨었는지, 한번 볼까."

노상군이 허공으로 뛰어오르면서 백륜을 다시 날렸다. 퍼퍼펑, 소리를 내면서 공중에서 백륜이 수십 개로 변해서 검은 그림자들 머리 위로 쏟아졌다.

"위험해. 흩어져!"

검은 그림자들이 한순간 두 갈래로 나뉘었다. 그 순간, 멀리 한가운데에 서 있는 조용한 그림자 하나가 눈에 들어왔다. 검은 그림자들에게 칼을 휘두르던 밀영들은 그 틈을 놓치지 않았다. 밀영들이 소리쳤다.

"살장군, 무명입니다!"

"저기 무명이 있어요!"

밀영들이 소리쳤다.

"잡아라!"

밀영들이 외치는 소리에 검은 그림자들은 순식간에 무명을 겹겹이 둘러쌌다. 스으읏, 소리를 내면서 흩어지는가 싶더니, 금세 몇 배로 늘어나서 앞을 막아섰다.

"어차피 다 환영이다."

노상군이 코웃음을 쳤다.

"금돼지, 길을 열어."

노상군이 나직한 소리로 말했다.

"길을 열어!"

금돼지 요괴가 검은 그림자들을 뭉개면서 데구르르 굴러갔다. 검은 그림자들 사이를 이리 쾅 저리 쾅 부딪치며 나아가는 금돼지 뒤로 자연스럽게 길이 생겼다.

"지금이다!"

"저기다!"

천년손이는 금돼지가 검은 그림자들 사이로 낸 길을 따

라서 달려갔고, 그 뒤를 노상군과 밀영들이 쫓았다. 챙, 챙, 타아앗, 소리가 요란하게 들려왔다. 지우와 수아, 강길도 그 뒤를 따라서 있는 힘껏 달려갔다.

"무명, 꼼짝 마!"

누군가 외치는 소리가 들려왔다. 한가운데에는 뜻밖에도 커다란 회전의자가 하나 놓여 있고, 그 위로 빛이 쏟아졌다. 누군가 무대를 마련한 것처럼 의자는 환하게 빛났다. 난데없이 나타난 의자에 다들 어리둥절해졌지만, 지우는 곧바로 알아보았다. 그건 천년손이 고민해결사무소에서 보던 익숙한 검은 의자였다. 그곳에 누군가 앉아 있었는데 키가 작아서 머리꼭지만 간신히 보이는 모습에 다들 더욱 의아해졌다.

잠시 후, 의자가 빙그르르 회전했다. 의자에 앉아 있는 건 다름 아닌 천년손이였다. 그것도 의자에 꽁꽁 묶인 상태였다. 모두가 의아한 눈빛으로 서로를 보았다.

"이게 어떻게 된 일이지? 형님…… 인가?"

강길이 정적을 깨고 말을 꺼냈다.

"……"

하지만 누구도 섣불리 대답할 수 없었다. 사방이 고요해졌다. 모두 놀란 눈으로 두 명의 천년손이를 바라보았다.

"천년…… 손이님?"

다들 의아한 눈으로 두 천년손이를 곁눈질했다.

"너는 누구냐?"

황금 부적을 든 천년손이가 물었다.

"누구긴 누구겠습니까. 무명일 겁니다."

"맞습니다. 어서 처리하시지요."

맞장구치는 소리가 밀영들 사이에서 들려왔다. 방금까지 검은 그림자들과 치열하게 싸웠던 천년손이는 바로 여기에 있다. 이 천년손이는 당연히 진짜일 것이다. 말은 안 했지만 다들 그렇게 생각했다.

"누구긴, 나는 선계의 신선 천년손이다."

의자에 앉은 천년손이의 목소리가 낭랑하게 울려 퍼졌다.

"무슨 소리, 내가 천년손이다! 감히 내 모습으로 변신하다니, 간도 크구나."

황금 부적을 들고 있던 천년손이가 화를 버럭 냈다.

"그럴 리가. 너야말로 무명이겠지. 무명이 내 모습으로 변신해서 모두를 속이고 있는 걸 이 자리에 있는 사람들이 모를 것 같으냐."

의자에 앉은 천년손이가 당당하게 대답하고는 모두를 둘러보며 말했다.

"다들 오셨군요. 저승사자 4호님도 오시고, 자래 왕자님도 오시고, 살장군, 밀영, 재수 없는 노상군까지. 다 모인 걸 보니 흐음, 혹시 바깥에 요괴 소탕령이라도 내린 것인가요?"

의자에 앉은 천년손이의 말은 논리적이고 차분했다. 이 자리에 있는 모두가 너무나 잘 알고 있는 천년손이의 모습 그대로였다. 다들 고개를 갸웃거렸다.

"뭐야, 천년손이님이잖아?"

"그럼 여기 있는 이 천년손이님은 뭔데?"

지우는 밀영들이 소곤대는 소리를 듣고 속으로 생각했다.

'음, 누가 진짜 천년손이님이지?'

의자에 앉은 천년손이가 소리쳤다.

"여러분, 제가 진짜 천년손이입니다. 비록 느닷없이 들이 닥친 검은 그림자들에게 잡혀 오긴 했지만, 제가 누군지는 여러분이 더 잘 알 겁니다."

천년손이의 부드럽고 온화한 눈길이 하얀 복면을 쓴 밀영들의 얼굴을 천천히 훑고 지나갔다. 그 눈빛에 밀영들 중 몇 명은 저도 모르게 인사를 꾸벅 하기도 했다.

"하긴 무명은 천 가지 모습으로 변신할 수 있다던데."

밀영 중 하나가 황금 부적을 들고 있는 천년손이를 힐끗 보면서 말했다. 그 말에 모두가 고개를 끄덕였다.

"이 무슨 해괴한 짓이란 말이냐."

저승사자 4호가 무뚝뚝한 소리로 말했다.

"저승사자 4호님. 저는 버려진 요괴들의 도시로 와 달라는 살장군의 비밀 편지를 받고 나선 길에 잡혀왔습니다. 아마 그 역시 누군가 거짓으로 보냈겠지요."

의자에 앉아 있던 천년손이가 대꾸했다.

"누가 굳이 그런 일을 한단 말입니까?"

저승사자 4호가 눈살을 찌푸렸다. 그러나 저승사자 4호의 말투가 존대로 바뀌었다는 걸 눈치 빠른 몇몇은 벌써 알아차리고 있었다.

"그야 당연히 무명이 벌인 짓이지요. 이런 짓을 해서 선계와 명계의 눈과 귀를 흐리게 하면 누가 가장 먼저 이득을 보겠습니까."

의자에 앉은 천년손이는 태연하게 웃어 보였다. 새하얀 이를 드러내면서 활짝 웃는 모습은 정말로 천년손이다웠다. 지우는 고개를 다시 갸우뚱했다.

"음⋯⋯."

저승사자 4호도 지우와 비슷한 생각인 모양이었다.

"그럼 지금까지 우리와 함께 싸운 이 천년손이님은 누구란 말입니까?"

"⋯⋯."

모두가 황금 부적을 손에 든 천년손이를 바라보았다.

"설마 저를 의심하시는 겁니까? 제가 무명이라면 왜 굳이 검은 그림자들과 싸웠겠습니까?"

황금 부적을 든 천년손이는 다른 이들의 눈빛을 보고는 어이없다는 듯 웃음을 터뜨렸다.

"네 옷을 봐라. 다른 이들은 모두 너덜너덜해질 때까지 검은 그림자들과 싸웠는데, 너 혼자만 멀쩡하지 않으냐."

그 말에 모두가 자신의 옷을 내려다보았다. 정말 모두들 검은 그림자들이 물고 할퀴고 뜯는 통에 옷이 너덜너덜해졌고, 여기저기 칼에 벤 자국투성이였다. 살장군의 하얀 갑옷마저도 여기저기 뜯겨 있었다. 오로지 딱 한 사람, 황금 부적을 든 천년손이의 옷만 멀쩡했다.

"어, 정말 그렇네요."

도깨비 김 서방이 의심의 눈초리로 황금 부적을 손에 든 천년손이를 바라보았다.

"그게 무슨 말입니까, 김 서방님. 신선들은 본래 옷에 흠집이 나는 걸 아주 싫어합니다. 노상군도 그렇잖아요."

황금 부적을 든 천년손이가 턱짓으로 노상군을 가리켰다. 정말 노상군도 비교적 멀쩡한 편이었다. 사실 신선들이 평소에 옷을 얼마나 단정하게 입는지는 도깨비 김 서방이나 저승사자 4호, 자래 왕자 모두가 너무나 잘 알고 있었다. 다시 모두의 마음이 흔들렸다.

"됐다, 됐어. 아무것도 아닌 너 따위의 정체가 뭐가 궁금하다고 길게 이야기를 늘어놓는 거야, 시간 아깝게."

노상군이 짜증을 내면서 둘 사이를 가로막고 나섰다.

"잘 들어. 금돼지는 요괴 냄새를 맡는다. 내가 사냥 갈 때 금돼지를 데리고 다니는 이유지. 금돼지에게 물어보자."

노상군이 말했다. 다들 노상군을 한 번 봤다가 금돼지에게 눈길을 돌렸다.

"금돼지, 가서 천년손이를 찾아내."

금돼지가 데굴데굴 굴러가더니, 쿵쿵거리면서 두 천년손이의 냄새를 맡았다. 신중하게 쿵쿵거리는 금돼지의 코에 모두의 시선이 집중됐다.

"쿵쿵, 이 녀석이야."

금돼지가 의자에 묶여 있는 천년손이 앞에 멈춰 섰다.

"뭐? 그럼 여태 같이 싸운 천년손이는 뭐지?"

노상군이 혼잣말로 중얼거리다가 이내 확신에 찬 목소리로 말했다.

"하지만 난 금돼지의 코를 믿는다. 이 녀석의 코는 절대 틀리지 않거든."

노상군은 의자에 앉은 천년손이 뒤에 가서 섰다.

"흠, 어찌 된 건지······."

자래 왕자는 고개를 갸우뚱할 뿐 어느 쪽으로도 가지 못하고 서 있었다.

김 서방은 고민하다가 노상군 곁으로 가서 섰다.

"노상군을 믿진 않지만, 금돼지의 코는 믿을 만합지요."

그렇다면 지금까지 함께 싸웠던 천년손이가 가짜인 것일까. 다들 망설이며 선뜻 움직이지 못했다.

"다들 뭐 하는 거예요. 이쪽이 맞습니다."

노상군이 팔짱을 낀 채 사람들을 바라보았다. 생긴 것도 말하는 것도 습관도 똑같은 두 천년손이 앞에서 모두가 혼돈에 빠졌다.

18. 드디어 드러난 무명의 정체

"흐음, 어떡하지?"

"은인님, 뭣이 고민이여. 간단허게 해결하믄 되지잉."

고민하던 지우에게 환혼석이 무언가 한참을 소곤거렸다.

"아, 그럼 되겠다!"

지우가 사탕 통을 꺼내자, 수아와 강길이 속삭였다.

"귀신 사탕을 쓰게?"

"응, 이제 두 개 남았어."

지우는 사탕 하나를 오도독 깨물었다. 단물이 목구멍을 타고 넘어가는 순간, 문득 좋은 생각이 났다.

"저, 좋은 생각이 있어요."

다들 일제히 지우에게 시선이 향했다.

"뭐지요, 지우님?"

살장군이 부드러운 목소리로 물었다.

"고작 인간 따위에게 이 중요한 일을 물어보겠다고요?"

노상군이 빈정대며 끼어들었다.

"지우님은 도련님과 오랜 시간 함께 일하면서 온갖 모험을 해왔어요. 그러니 지우님이라면 누가 진짜 도련님인지 아실 겁니다."

살장군은 지우를 마음 깊이 존중하고 있었다. 그동안 이 어린 인간 지우가 천년손이와 함께 얼마나 궂은 일들을 해결해 왔는지 너무나 잘 알고 있기 때문이었다. 지우가 천천히 입을 열었다.

"매향 선녀가 인간이었던 시절, 콩쥐라고 불렸던 건 다들 아실 거예요. 콩쥐가 새어머니에게 괴롭힘을 당할 때 천년손이님이 몰래 도와주곤 했죠."

흠흠, 하는 헛기침 소리가 여기저기에서 터져 나왔다. 갑작스러운 매향 선녀 이야기에 다들 당황한 것이었다.

사실 천년손이와 노상군, 매향 선녀의 삼각관계 이야기는 선계에서 모르는 이가 없었다. 심지어 선계의 비밀경찰 밀영들도 알았다. 다만 천년손이가 부끄러워할 것 같아서 아무도 대놓고 물어보거나 이야기하지 않았을 뿐이었다.

"천년손이님은 콩쥐 아가씨가 발이 시릴까 봐 차가운 냇물에 엎드려 돌다리가 되어주었어요."

노상군이 흥, 하고 콧방귀를 뀌었지만, 볼부터 목덜미까지 새빨개져 있었다.

"무슨 소리, 그래 봐야 짝사랑인걸."

지우는 아랑곳않고 이야기를 이어갔다.

"소가 돼서 밭을 대신 갈아주기도 했죠."

다들 웅성거렸다. 신선이 인간으로 변신하는 것도 드문 일이었지만 소 같은 동물로 변신하는 건 더 드문 일이었기 때문이다.

다른 신선이 이 사실을 안다면 천년만년 놀리고도 남을 일이었다. 노상군은 정말로 크게 충격을 받아서 얼굴이 새하얗게 변해 있었다.

"천년손이님이 동물로 변신했다고?"

"정말? 신선이 동물로 변신해? 왜? 굳이 인간을 위해서? 허허허."

누군가 혀를 끌끌 차는 소리가 들려왔다.

"맞아요. 천년손이님에겐 정말 어려운 선택이었을 겁니다. 신선들은 동물로는 변신하지 않으니까요."

지우는 순간 의자에 앉아 있는 천년손이와 황금 부적을 들고 있는 천년손이의 얼굴을 힐끗 쳐다보았다. 의자에 앉아 있는 천년손이는 아무렇지 않았지만, 황금 부적을 들고 있는 천년손이는 손이 부들부들 떨리고 눈물이 핑 돌아서 금방이라도 울 것 같은 표정이었다.

"맞습니다. 천년손이님은 매향 선녀를 사랑했지요."

"그걸 네가 어떻게 그렇게 잘 알아? 정말 그 정도로 천년손이가 매향 선녀를 사랑했단 말이야?"

노상군이 떨리는 목소리로 물었다. 아직 충격이 채 가시지 않은 듯했다.

"그야 천년손이님의 기억을 엿본 적이 있으니까요."

황금 부적을 든 천년손이가 뒤로 홱 돌아섰다. 자신도 모르게 흘러내린 눈물을 닦기 위해서였다.

"맞아요. 진짜 천년손이님은 바로 이분입니다. 우리와 함께 치열하게 싸웠던 바로 이분이요."

지우가 웃으면서 눈물을 막 닦아낸 천년손이를 가리켰다.

"저쪽 천년손이님은 매향 선녀 이야기에도 아무렇지 않았어요. 하지만 이쪽 천년손이님은 매향 선녀라는 말을 꺼내자마자 부르르 몸을 떨었습니다. 매향 선녀님을 온 마음과 뜻을 다해 사랑한 이가 아니면 나올 수 없는 반응이죠."

하아, 다들 이 어린 인간 지우의 지혜로운 이야기에 귀를 기울이고 있었다. '그럼 그렇지' 하는 표정으로 어느새 하나둘 황금 부적을 든 천년손이 옆으로 가 섰다.

"지우님, 제가 분명히 제 기억을 엿보는 건 안 된다고 했을 텐데요. 그걸 또 이 많은 사람 앞에서 이야기하다니요. 정말 그러실 겁니까!"

천년손이는 하나도 반갑지 않다는 듯한 표정으로 버럭 소리를 질렀다.

"진실을 밝히려면 어쩔 수 없었어요. 어때요, 200배 좋아진 머리로 해낸 생각인데요."

지우가 씽긋 웃으면서 손으로 브이 자를 그려 보였다.

"하아, 어쩔 수 없죠, 뭐. 앞으로 선계에 소문나면 다 지우님 탓입니다."

천년손이가 뒤돌아섰다. 어느새 당당하고 의연한 천년손이로 돌아가 있었다. 천년손이는 의자 위 가짜 천년손이를 향해 담담하게 말했다.

"무명, 이제 다 끝났다. 다른 요괴들도 모두 『기억의 책』에 기록했어. 걱정 안 해도 된다. 지우님, 이제 '기억의 책' 도술을 쓰시면 됩니다. 이 긴 모험을 끝내시지요."

지우가 고개를 끄덕였다. 지우가 『기억의 책』을 펼쳐 들고, 주문을 막 외우려는 참이었다.

"기록 시작, 무……."

명, 이라고 말을 미처 잇기 전에 우렁각시가 뛰어들어서 책을 빼앗았다.

"안 돼요, 지우님. 그러지 마세요!"

"앗, 우렁각시님!"

지우가 놀라서 소리쳤다. 지우만 놀란 게 아니었다. 우렁각시를 보고는 여럿이 동시에 소리쳤다.

"아니, 우렁각시님, 뭐 하는 거예요?"

이건 천년손이가 한 말이었고,

"어머, 유모!"

이건 의자에 앉아 있던 천년손이에게서 튀어나온 말이었고, 살장군에게선 이런 말이 튀어나왔다.

"아니, 부인!"

"부인? 살장군의 부인이라고?"

어리둥절해진 밀영들이 웅성거리는 속에서, 살장군이 달려가서 우렁각시의 손을 맞잡았다.

"아니, 부인, 여긴 어쩐 일입니까? 여기에 있었던 거예요? 세상에, 왜 연락 한 번 안 했습니까. 내가 걱정을 얼마나 했는데요."

우렁각시를 금이야 옥이야 아끼고 사랑하던 살장군의 얼굴엔 떨림과 설렘이 잔뜩 묻어났다.

"그러는 당신은 여기에서 무슨 일을 하시는 거예요?"

우렁각시가 눈을 가볍게 흘기면서 말했다.

"무슨 일을 하다니요. 무명을 잡으러 왔지요. 아니, 그나저나 부인이야말로 여긴 어쩐 일이요. 여태 여기에 있었던 겁니까? 그렇게나 찾아다녀도 없더니 버려진 요괴들의 도시에 살고 있었군요."

살장군의 눈에서 애정이 뚝뚝 떨어졌다.

"유모, 뭐 하는 거야. 비켜."

의자에 앉아 있던 천년손이가 뚜벅뚜벅 걸어왔다.

"이따위 책으로 요괴들을 구하겠다고? 흥, 그게 말이 돼?"

천년손이는 눈 깜짝할 새에 다른 모습으로 변신했다. 다들 눈이 휘둥그레졌다. 머리에 초승달 비녀를 꽂은 곱상한 여자였다. 천년손이가 젊어지는 샘물을 마셔서 어려지지 않았다면 똑같지 않았을까 싶을 정도로 꼭 닮은 모습이었다.

"이건 흡사……."

노상군은 순간 뭐라 말해야 할지 모르겠다는 듯 얼이 빠졌다. 나란히 선 천년손이와 무명은 그동안 선계에서는 한 번도 본 적 없는 모습이었기 때문이다.

"오, 설마…… 쌍둥이?"

지우 입에서 자신도 모르게 흘러나온 말이었다.

"뭐? 선계에 쌍둥이가 있었다고?"

밀영들이 다시 웅성거렸다. 오늘 몇 번을 놀라는지 모를 일이었다.

"오라버니, 이게 어떻게 된 거예요?"

수아가 놀라서 무명과 천년손이를 번갈아 보았다. 보면 볼수록 놀라울 정도로 닮아 있었다. 확실히 쌍둥이가 아니라면 이렇게 닮을 수는 없었다.

"뭐야. 형님, 무명이랑 쌍둥이였어요?"

강길도 눈이 휘둥그레진 채 물었다.

"선계에 쌍둥이가 있을 수 있나?"

밀영들이 웅성거렸다. 살장군은 긴 칼을 빼 들고 소리쳤다.

"넌 도대체 누구냐!"

살장군이 무명의 턱 끝에 칼을 겨누었다. 흠칫 놀란 무명은 뒤로 물러섰다.

"조심하세요. 이게 뭐 하는 짓이에요!"

그때 우렁각시가 무명 앞을 가로막으며 말했다.

"어허, 부인, 이리 나오시오. 아무리 부인이라도 무명의 편에 선다면 용서하지 않겠소!"

살장군이 눈을 부라리면서 소리쳤다.

"당신, 이분이 누군지 모르겠어요?"

우렁각시가 힘주어 말했다.

"부인, 부인이야말로 왜 무명을 감싸는 것이오!"

살장군이 칼을 더욱 바짝 들이밀었다. 우렁각시는 칼 끝에 몸을 들이대면서 대답했다.

"벌써 그날의 일을 잊었단 말이에요?"

"그날의 일?"

"주인 마님이 뭐라고 하셨습니까. 아이들을 지켜달라고 하셨잖아요."

살장군이 고개를 갸웃거리다가 갑자기 눈이 동그래졌다. 그러고는 천년손이와 무명을 번갈아 쳐다보았다. 살장군은 헛, 소리를 내면서 한참을 멍하니 서 있다가 갑자기 무릎을 꿇었다.

"아가씨…… 아가씨였군요."

"에엥? 아가씨?"

지우와 강길, 수아, 모두 살장군의 행동에 깜짝 놀랐다. 살장군이 무릎을 꿇은 채 무명에게 고개를 숙였기 때문이다.

"살장군, 이게 뭐 하는 짓입니까?"

천년손이가 의아해져서 물었다.

"도련님, 아가씨입니다. 흐흐흑, 아가씨였군요."

살장군의 눈에서 눈물이 뚝뚝 떨어졌다.

"흐흐흑, 아가씨…… 아이고, 여기 계셨군요. 그런 줄도 모르고…… 여태 저는…… 아가씨가…… 흐흐흑……."

살장군의 태도에 밀영들은 어찌할 바를 몰라했다. 살장군은 칼을 내던졌다. 챙그랑, 소리를 내면서 칼이 바닥에 나뒹굴었다.

"살장군, 이게 뭐 하는 거예요?"

천년손이가 놀라서 물었다.

"유모, 이게 다 무슨 말이야? 아가씨라니, 살장군이 나한 테 왜 아가씨라고 부르냔 말이야."

무명이 이마를 잔뜩 찌푸리면서 물었다. 무명이야말로 이 상황이 몹시도 못마땅했다.

"오늘 모두 한꺼번에 죽이려고 했더니만 뭐 이렇게 성가 신 것들이 많은 거야!"

무명이 잔뜩 짜증 난 목소리로 소리쳤다. 파파팟, 소리를 내면서 사방이 어두컴컴해졌다가 밝아졌다.

"아가씨, 천년손이님은 아가씨의 오라버니입니다. 아가씨의 친오라버니예요."

우렁각시의 말에 다들 입을 떡 벌렸다. 물론 가장 놀란 건 지우와 수아, 강길이었다.

"무명이 천년손이님과 쌍둥이라고?"

19. 되찾은 선계의 평화

살장군이 천년손이에게 말했다.

"도련님, 아가씨는 이름도 미처 짓지 못하고 떠나보냈던 도련님의 여동생입니다."

여동생이라는 말에 천년손이도 딱딱하게 굳어버렸다.

"어찌 이런 일이……."

"세상에……. 오라버니, 잘됐어요. 오라버니에게도 가족이 있었군요."

천년손이가 혼자가 아니라고 했던 우렁각시의 말을 수아는 이제야 이해했다. 수아의 눈에 눈물이 그렁그렁했다.

"형님, 무명이 형님의 가족이라면 우린 더 이상 싸우지 않아도 되는 건가요?"

강길이 고개를 갸우뚱하면서 물었다.

"흠, 아무래도 그분께 모두 사실대로 보고해야겠습니다."

살장군은 허공에 대고 중얼중얼 주문을 외웠다. 갑자기 허공에 황금색 빛이 하나 생겨났다.

"앗……."

밀영들은 눈부신 빛을 보고 바로 무릎을 꿇었다.

"뭐야, 누군데?"

자래 왕자와 저승사자 4호, 심지어 노상군과 도깨비 김서방, 강길, 수아까지 모두 무릎을 꿇고 있었다. 서 있는 건 무명과 지우 둘뿐이었다.

"옥황…… 상제?"

"헉!"

천년손이가 지우의 팔을 잡아당겼다. 저절로 무릎을 푹 꿇게 된 지우는 황금색 빛을 바라보았다. 황금색 빛 속에서 옥황상제가 말했다.

"이름도 없이 살아온 존재, 무명 네가 버려진 요괴들의 도시에서 요괴들을 돌봐온 것을 잘 안다. 고맙다."

"흥, 우리 요괴들을 다 죽이려 했으면서……."

"죽이지 않았다. 모두 『기억의 책』에 기록했으니, 인간 세상에서 두고두고 이야기될 것이다."

"흥, 그 말을 나더러 믿으라고?"

"버려진 요괴들을 무명 네가 돌보았기에 그들 모두 살아남을 수 있었다. 고맙고, 애썼다."

황금색 빛에서 흘러나오는 목소리에 무명이 다시 코웃음을 쳤다.

"이제 와서 그런다고 달라질 것 같아?"

무명이 어느새 기다란 검을 꺼내어서 손에 쥐었다.

"무명, 『기억의 책』은 이제 인간계로 나가게 될 것이다. 인간들이 책에 담긴 요괴들의 이야기를 읽어줄 것이고, 두고두고 오래도록 기억될 것이다."

옥황상제의 말을 들은 지우가 혼잣말로 중얼거렸다.

"요괴들을 『기억의 책』에 봉인해서 데려가려고 했던 건 우리의 비밀 작전인데 그걸 어떻게 알고 계시는 거지?"

"하하, 네가 바로 그 황금빛이 나는 인간 지우구나."

지우는 옥황상제가 자신을 부르는 소리에 깜짝 놀라서 벌떡 일어났다.

"네, 옥, 옥황상제님."

당황한 지우는 겨우 대답했다.

"고맙다, 지우야. 넌 인간이면서도 용감하게 모두의 일에 나서주었고, 이곳 버려진 요괴들의 도시까지 와서 요괴들을 모두 『기억의 책』에 담아주었다."

옥황상제의 말을 들은 지우는 지금까지의 일이 모두 그가 계획한 대로 일어난 것임을 곧바로 알아차렸다.

"옥황상제님, 그럼 제가 여기 올 것도 알고 계셨어요?"

"그렇다."

"제가 수아, 강길이랑 『기억의 책』을 이용해서 요괴들을 기록할 것도, 『기억의 책』을 다시 인간계로 가져가기 위해 무명과 맞서게 될 것도, 모두 다요?"

"그렇다."

옥황상제의 대답은 담담하고 담백했다.

"설마 그 모든 걸 다 계획했단 말이에요?"

"그렇다고 할 수도 있고, 아니라고 할 수도 있다. 너와 수아, 강길이 함께하지 않았다면 이 계획은 완성될 수 없었을 테니까."

지우는 문득 이 모든 일을 천년손이가 혼자 계획했던 게 아니라, 옥황상제와 함께 계획했던 것이 아닌가 하는 생각이 들었다. 지우는 수아와 강길을 보았다. 두 사람도 어느새 일어나서 그 눈부신 황금색 빛을 바라보고 있었다.

"구미호족 천년수아, 너는 구미호족이지만, 신선인 천년손이가 성을 주고 가족으로 삼았다. 너에겐 참으로 귀한 경험이었을 것이다. 그리고 강길. 너는 구미호족 천년수아의 약혼자로 온갖 모험을 함께 해왔지. 잘했다. 너의 공을 인정한

다. 너와 붉은 용은 앞으로 여의주를 부리게 될 것이니, 인간들에게 이로운 일을 하며 살거라."

야호, 하고 강길이 소리쳤다. 붉은 용은 여태까지 여의주가 없어서 불만 뿜어댔는데 드디어 여의주가 생긴 것이었다. 이보다 더 기쁜 일도 없었다.

"그리고 무명, 이제 너는 더 이상 버려진 요괴들을 걱정하면서 살지 않아도 된다."

무명의 눈빛이 살짝 흔들렸다.

"흥, 네가 무슨 상관이야."

옥황상제는 무명의 퉁명스러운 말투에도 아랑곳하지 않고 말을 이었다.

"너는 이름 없이 살지 않도록 너에게 이름을 주겠다. 이제 너의 이름은 '송이'이다. 송이, 꽃이 피어나듯 새로운 삶을 살아가라는 뜻이다. 이제 송이 너도 너의 삶을 살거라. 꽃처럼 아름답고, 별처럼 빛나는 너의 삶을."

그 말을 마지막으로 남긴 옥황상제의 황금색 빛은 서서히 줄어들더니, 스르르 사라졌다.

"우리를 모두 소멸시키려 했던 게 아니라고?"

무명이 떨리는 소리로 말했다.

"그분께선 버려진 요괴들에게 자유를 주고, 너에겐 기회를 주려 하신 것이다."

천년손이가 말했다.

"도련님, 요괴 소탕령이 아니라 사실은 요괴를 구해 주기 위한 것이었군요. 언젠가 한 번은 겪어야 할 일이었단 생각이 들어요. 혹시 도련님은 이 모든 걸 알고 계셨습니까?"

살장군이 곰곰이 생각하다가 물었다.

"글쎄요. 알고 있었다고 해야 하나. 제가 계산했던 건 사실 아까 무명, 아니, 송이를 잡으려 했던 것까지입니다. 지우님이 이곳에 와서 『기억의 책』을 쓸 것은 예상했지만요. 나머지는 모두 여기에서 벌어진 거라 저도 얼떨떨하긴 합니다."

천년손이가 빙긋이 웃었다.

"하하, 이제 선계가 평화를 되찾았군요. 고생하셨습니다. 천년손이님."

저승사자 4호가 축하의 말을 건넸다.

"오늘 교통사고가 크게 나서요. 저는 망자들을 데리러 가봐야 합니다. 그럼 이만……."

저승사자 4호는 할 말만 짧게 하고는 황금색 원 안으로 사라져버렸다.

"저도 더 이상 볼일이 없는 것 같군요. 용궁에서 요괴 난민들이 기다리고 있을 테니 얼른 가보는 게 좋겠어요."

자래 왕자도 부드럽게 웃으면서 사라졌다.

"천년손이님, 다 잘됐네요. 너무 다행이고 참으로 기쁘니

다요. 우리 별님이가 보고 싶어합니다. 별님이 보러 한번 오십시오. 송이 아가씨도 함께요. 하하.”

도깨비 김 서방은 선물로 폭탄 하나를 남겨주고는 홀연히 사라졌다.

“밀영, 너희들도 각자 자리로 돌아가거라. 요괴 소탕령은 이제 끝났다.”

살장군은 힘주어 말했다. 밀영들도 스으윽, 소리를 내면서 하나둘 사라져갔다.

“송이야, 우리도 이제 그만 하자.”

천년손이가 손을 내밀었다.

“흥, 송이? 그까짓 여자애 이름으로 날 어떻게 할 수 있을 것 같아?”

무명이 성난 표정으로 소매를 가볍게 휘젓자, 강풍이 불어왔다. 우렁각시는 바람에 날아가지 않으려 살장군의 손을 힘껏 붙잡았다.

“뭐야, 짜증 나게. 유모가 왜 살장군 손을 잡아!”

무명이 빽 소리쳤다. 바람이 잠시 잦아들었다.

“아가씨, 제가 그동안 여러 번 말하지 않았습니까. 천년손이님하고 싸우지 말라고요.”

“또 그 말이야?”

무명이 짜증 난 듯 고개를 돌렸다.

"아가씨에게 말하지 않은 게 하나 있답니다."

"듣기 싫어."

천년송이가 얼굴을 찡그렸다. 요괴들의 도시에 굳건하게 서 있던 세 번째 벽이 쩌저적, 소리를 내면서 갈라졌다.

"아가씨, 잘 들으세요."

천년송이는 얼굴을 찌푸리면서 흥, 하고 콧방귀를 뀌었다.

"오래전에 어머님께서는 쌍둥이를 낳으셨습니다. 안타깝게도 도련님과 아가씨를 낳다가 돌아가셨지요. 선계에선 쌍둥이가 태어나면 둘 중 하나는 반드시 죽는단 예언이 있습니다. 아버님께서는 결국 고민 끝에 쌍둥이 중 동생인 여자아이를 먼 곳으로 보내기로 하셨습니다. 모든 건 철저하게 비밀에 부쳐졌고, 유모였던 제가 여자아이를 먼 곳으로 데려가기로 했습니다. 두 아이가 마주치지 않도록 말이에요."

"아아, 그래서 버려진 요괴들의 도시로 오게 된 거예요?"

수아가 물었다.

"그래요. 선계의 신선들이 가장 꺼려하고 싫어하는 곳은 버려진 요괴들의 도시였으니까요. 이곳에 있으면 아무도 모를 거라고 생각했습니다."

우렁각시가 고개를 끄덕였다.

"그 일이 있고 나서 아버님은 너무나 미안해하셨습니다. 결국 신선의 자리를 내려놓고 인간계로 내려가셨죠. 그렇게 제가 남자아이를 맡게 됐고, 어릴 때부터 도술을 가르치면서 키웠습니다. 그게 바로 도련님이에요.”

살장군은 항상 천년손이를 도련님이라고 불렀지만 왜 그러는지는 다들 알지 못했다. 천년손이는 왜 부모도 형제도 없는지 역시 늘 궁금했지만 물어보기도 어려운 일이었다.

“거짓말!”

천년송이가 소리쳤다.

“거짓말이야. 무슨 그런 말도 안 되는 말을 나더러 믿으라는 거야!”

천년송이가 힘주어 소리치는 순간, 다시 쩌어억, 하고 벽에 금이 갔다.

“살장군의 말이 맞습니다, 아가씨. 제가 아가씨를 오랫동안 곁에서 지키고 돌봤던 것도 다 그래서예요. 그 초승달 비녀도 어머님의 것입니다.”

우렁각시가 눈물을 글썽이며 말했다.

“아가씨는 천년 가문의 딸, 천년송이입니다.”

살장군이 말했다. 지우는 세계도술대회 때 무명 아니, 천년송이를 만났었단 사실을 문득 떠올렸다.

“아, 그래서 처음 만났을 때부터 낯이 익었나 봐요. 두 분이 쌍둥이라서…….”

“드디어 아가씨에게도 예쁜 이름이 생겼네요. 흑흑…….”

우렁각시가 눈물을 훔쳤다.

"유모, 이런 거짓말을 나더러 믿으라는 거야?"

천년송이가 눈을 부릅뜨면서 말했다.

"아가씨에게 이름이 없었던 것도 사실은 너무 아기 때 집을 떠나왔기 때문입니다. 미처 이름을 짓지 못했거든요. 그런데 그분께서 이름을 지어주셨잖아요. 이보다 더 큰 기쁨이 어디 있겠어요."

우렁각시가 눈물을 흘리면서 말했다.

"싫어, 싫다고! 난 그냥 무명으로 살아갈 거야. 이게 나라고. 엉엉…… 엉……. 말도 안 돼."

천년송이가 발을 구르면서 흐느꼈다.

"아가씨, 미안해요. 오랫동안 숨겨왔던 비밀을 이제야 말하게 됐습니다. 저도 이제 마음이 편안합니다."

우렁각시는 그 말을 마지막으로 남기고는 스르르 흩어지면서 어디론가 사라져버렸다.

"아니, 이게 몇 년 만에 다시 보는 건데, 가긴 어딜 간단 말이오. 부인!"

살장군도 곧 우렁각시를 따라 사라졌다.

"오라버니, 우리도 이제 사무소로 돌아가요."

수아가 말했다.

"그래, 이제 돌아가자."

천년손이는 이동 두루마리를 불러냈다. 이동 두루마리가 공중에서 힘차게 펄럭거렸다.

"형님, 아아, 이제 다 해결됐네요. 히히. 아직, 천년송이가 좀 무섭긴 하지만요."

강길도 함박웃음을 짓다가 천년송이의 눈치를 보면서 소곤거렸다.

"이제 돌아가요. 천년손이님. 천년송이님이랑 함께요."

지우가 잠든 환혼석을 쓰다듬으면서 웃었다. 천년손이는 긴 한숨을 내쉬었다.

"그래요. 이제 돌아갈까요. 선계의 평화를 되찾았으니, 이걸로 우린 천만 시간을 번 겁니다. 하하하."

천년손이가 손짓했다.

"송이야, 가자."

천년송이는 못 이긴 척 천년손이 곁으로 와 섰다. 천년손이와 천년송이, 지우와 수아, 강길은 함께 이동 두루마리 속으로 들어섰다. 휭 하는 낯선 바람이 어디선가 불어왔다.

"이렇게 간단하게 끝날 줄 알았어?"

천년송이가 히힛, 하고 웃었다.

"뭐?"

지우와 천년손이가 흠칫 놀라서 돌아본 순간, 세 사람은 이미 사무소에 돌아와 있었다.

20. 사라진 수아와 강길을 찾아라

수아와 강길은 어디에도 없었다. 천년손이와 지우는 두 사람을 찾았다.

"앗, 수아야, 강길! 어디 갔어?"

후, 하고 천년송이가 웃었다.

"뭐야, 두 사람을 어디로 보낸 거예요? 천년송이님이 그런 거예요?"

지우가 당황해서 물었다. 천년송이는 팔짱을 낀 채 다시 후후, 하고 웃었다.

"어때, 천년손이. 내 솜씨가?"

천년송이가 물었다.

"송이야, 이제 모든 게 다 끝났어. 수아와 강길을 돌려줘."

천년손이가 한숨을 쉬며 말했다.

"내가 왜 그래야 하지?"

천년송이는 천년손이의 말에 고개를 홱 돌렸다. 순간 사무소의 벽에 빠지직, 하고 금이 갔다.

"수아는 내 동생이야. 나한테 수아가 동생이면, 너한테도 동생이잖아."

천년손이가 태연하게 말했다.

"뭐어? 동생? 그 애는 구미호야. 내가 왜 구미호 동생을 둬야 하는데?"

천년송이가 이마를 찌푸렸다.

"나한텐 너도 동생이고, 수아도 동생이야. 수아와 강길이 약혼한 사이이니까, 강길도 내 동생이고 말이야."

천년손이가 부드럽게 말했다.

"기가 막히군. 너 따위가 감히 나에게 오빠 행세라도 하겠다는 것이냐!"

"수아와 강길을 어디로 보낸 거야? 어서 말해주렴."

천년손이가 간곡하게 말했다.

"송이야, 버려진 요괴들은 이제 다시 힘을 얻을 거고, 자유로워질 거야. 더 이상 말썽을 부릴 필요가 없지 않느냐."

"……."

지우가 듣기에도 천년손이의 말이 다 맞았다. 그렇지만 천년송이가 말을 들을까 싶었다. 지금 지우 앞에 서 있는 천년송이는 선계와 명계, 인간계를 오랫동안 뒤죽박죽으로 만들어 온 장본인이었다. 그런 천년송이가 순순히 수아와 강길을 내줄 것 같지는 않았다.

"네가 오빠 자격이 있는지 나도 테스트 하나는 해야 하지 않겠어?"

천년송이는 그 악명 높은 무명이지 않았던가.

"테스트?"

"그래. 네가 그 구미호와 용족을 찾아낸다면 나도 널 오라버니로 인정하겠다. 하지만……."

"하지만?"

"네가 못 찾아낸다면 나도 더 이상 어쩔 도리가 없다. 네 스스로 찾아내지도 못하는 동생인데, 내가 굳이 나설 필요가 있냔 말이지."

천년송이가 심술궂게 말했다.

"그래서 수아랑 강길은 어디에 있는데?"

천년손이의 말이 끝나기가 무섭게 허공에 두루마리 일곱 장이 펼쳐졌다. 그동안 수아와 강길, 지우, 천년손이가 함께했던 장면들이 하나씩 그려져 있었다.

"이 중 하나만 네가 찾는 구미호와 용족이다."

천년손이는 빠르게 눈으로 두루마리를 훑었다. 지우도 다가가서 두루마리를 들여다보았다. 모두가 정교하고 생생하게 그려져 있었다.

"못 찾는다면 그 둘은 평생 그림에 갇혀서 살아야 할 것이다."

천년송이가 호호, 하고 웃었다.

"이건 저랑 강길, 수아가 처음 만났을 때예요."

두루마리들을 한참 들여다보던 지우가 말했다. 첫 번째 그림은 강길과 수아, 지우가 신호등 앞에서 마주쳤을 때의 그림이었다. 여자아이들은 강길을 보며 꺄악, 소리를 질러댔고, 남자아이들은 수아를 쳐다보느라 신호가 바뀌는 줄도 몰랐었다. 그때가 언제였는지, 오래 전 일처럼 느껴졌다.

"이건 우리가 민형님의 혼쥐를 잡으러 가던 때군요."

두 번째 그림은 강길과 수아, 지우, 천년손이가 함께 붉은 용을 타고 하늘을 날던 때의 그림이었다. 민형이의 혼쥐 때문에 둔갑쥐를 잡으러 가던 그날이 생생히 떠올랐다.

"이건 강길이 저를 위해서 싸우던 때예요."

강길이 기다란 검을 들고 흑호와 싸우는 모습이 세 번째 그림에 그려져 있었다. 그날 강길은 흑호의 저주를 입고 죽을 뻔했다. 피를 쿨럭쿨럭 토하던 강길이 떠올라 지우는 다시 한번 가슴이 철렁했다.

"이 그림은 우리가 저승에 갔을 때네요."

네 번째 그림은 저승찻집 앞을 지나던 때였다. 저승찻집에 모인 저승사자들이 저승사자로 변신한 지우 이야기를 하는 걸 듣고 놀란 지우가 딸꾹질을 했고, 그 바람에 변신한 걸 들켰었다.

"이건 음……. 세계도술대회 때예요. 그때 요괴들이 천년손이님을 보고 환호를 했었는데……."

지우는 문득 그때의 기억들이 떠올라 가슴이 찡해졌다. 얼마나 많은 모험을 함께 해왔던가. 그래, 그 모든 게 다 추억이고, 그리움이었다.

"호호, 기억력이 참 좋기도 하구나. 인간 주제에……."

천년송이가 뒷짐을 진 채 재밌다는 듯 호호, 웃었다.

"으음, 이대로는 좀 재미가 없으니까, 시간을 당겨볼까."

천년송이가 손가락을 가볍게 튕겼다.

화라락, 소리가 나면서 첫 번째 두루마리의 끄트머리부터 불이 붙었다. 천천히 타오르는 두루마리를 보면서 천년손이가 천년송이를 노려보았다.

"이게 뭐 하는 짓이냐!"

"왜? 좀더 집중하란 뜻인데?"

천년송이의 대답에 천년손이가 훅, 하고 바람을 불었지만 불은 오히려 활활 타올랐다.

"어머나, 오라버니, 불은 바람이 불면 더 커지는 걸 잊었나 보네. 호호호."

하는 수 없었다. 여섯 번째 그림이 타기 전에 천년손이와 지우는 두루마리를 들여다보았다.

"이건 세계도술대회 때 달걀 쌓기를 하는 모습이에요. 강길하고 수아, 저, 천년손이님 모두 달걀을 쌓아서 점수를 받았었죠."

세계도술대회 예선전 문제였다. 공중에 달걀을 쌓던 모습을 본 지우는 그때의 두근거림이 생각났다.

"마지막은……."

천년손이와 지우는 두루마리를 보다가 서로 눈이 마주쳤다. 다음 두루마리에는 검은 그림자들과 싸우는 수아와 강길이 그려져 있었고, 지우와 천년손이의 모습도 정교하게 그려져 있었다.

"이건 오늘 일이에요. 오늘 검은 그림자들과 싸우던 때의 일이요."

지우가 대답했다.

"지금까지의 그림 중에 가짜는 없어요."

"정말? 틀리면 그 애들은 평생 두루마리에서 살아야 해. 잘 대답해야 할걸?"

지우는 두루마리들이 다 타기 전에 함께 손가락으로 가

리켰다. 마지막 그림이었다.

"마지막도 우리가 다 함께 싸운 그림이에요. 여기 있는 그림들은 모두 수아랑 강길과 함께했던 순간들이 맞아요. 가짜는 없어요."

불꽃이 화르르 타오르다가 갑자기 휙, 꺼져버렸다.

21. 무너진 천년손이 고민해결사무소

두루마리에서 수아와 강길 목소리가 들렸다.

"으아아아, 죽을 뻔했네."

강길이 붉은 용과 함께 우당탕탕 굴러서 두루마리에서 빠져나왔다.

"으아아, 형님, 저 죽을 뻔했어요. 갑자기 무명이 잡아가서는……. 으아아아, 아니지, 무명이 아니라, 송이지. 천년송이. 무시무시한 송이, 천년송이. 으으으……."

강길은 놀라서 아무 말이나 쏟아냈다.

"오라버니, 저희가 없어져서 놀라셨죠? 갑자기 두루마리 속이 캄캄해지는가 싶더니, 갇혀버렸지 뭐예요."

강길과 같이 빠져나온 수아도 얼이 빠진 표정으로 말했다.

"모두 무사히 빠져나와서 다행입니다. 지우님 덕분입니다."

천년손이는 모두를 보며 환하게 웃었다.

"이제 버려진 요괴들은 새로운 보금자리를 얻었고, 무명은 새 이름을 얻었구나. 하하하."

천년손이가 기분 좋다는 듯이 웃었다.

"오라버니, 그럼 우리 당분간 휴업해도 되는 거예요?"

수아가 웃으면서 물었다.

"그럼, 무명, 아니, 송이가 이렇게 내 옆에 있는데, 더는 요괴들이랑 싸우러 다닐 필요가 없지 않겠느냐. 하하하하."

천년손이가 큰 소리로 웃으면서 천년송이의 어깨에 팔을 둘렀다.

"흥, 그 손 치워라!"

천년송이가 팔을 홱, 뿌리치는 순간, 사무소 벽에 쩌어억, 금이 가더니 와르르 무너져 내렸다.

"으아아아, 이게 다 뭐야!"

강길과 지우, 수아는 머리 위로 쏟아지는 흙먼지를 다 뒤집어썼다. 멀쩡한 건 천년손이와 천년송이뿐이었다. 천년송이가 투명 우산 도술을 써서 흙먼지를 말끔하게 막아낸 것이었다. 그 와중에 천년손이 위로 쏟아지는 흙먼지까지 막아준 것을 보고 다들 오오, 소리쳤다.

"어머, 어머, 오라버니, 진짜 동생이 맞네요. 호호호호."

수아가 큰 소리로 웃었다.

"와, 송이가 드디어 형님 동생이 되었네요. 으하하하."

강길도 웃었다. 그 모습을 본 천년송이가 손을 치켜들었다.

"뭐? 감히 용족 따위가 뭘 안다고 떠드는 것이냐! 내 손에 죽어야 정신을 차리겠구나?"

다시 한 번 뿌연 먼지가 사무소를 온통 뒤덮었다. 수아와 지우, 강길의 머리에도 온통 흙먼지가 자욱하게 앉았다. 그래도 기분은 좋았다. 세 사람은 뿌연 먼지를 덮어쓴 채 깔깔거리면서 웃었다.

"하아, 천년손이님, 저 이제 더는 위험한 거 안 해도 되는 거죠? 이제 더는 힘든 사건 없는 거 맞죠?"

"그럼요. 든든하고 믿음직한 제 동생을 찾았으니까요."

지우와 천년손이도 함께 웃었다. 여전히 뽀로통해 보였지만 그래도 한결 인상이 부드러워진 천년송이는 팔짱을 끼고 흥, 소리를 냈다.

"뭐야, 그럼 우리 대결은 어떻게 되는 거지?"

어느새 나타난 노상군 재훈 샘이 천년손이에게 소리쳤다. 천년송이가 노상군에게 물었다.

"아, 참. 노상군, 아니 요괴사냥꾼, 넌 알고 있었지? 아까는 일부러 잘못 선택한 건가?"

노상군이 금돼지 위에 올라탄 채 한쪽 입꼬리를 삐죽이 올리면서 웃었다.

"어떻게 알았지?"

"어떻게 알긴, 난 천년손이를 무척이나 싫어하거든. 천년손이 옆에만 가도 두드러기가 나는데, 의자에 앉아 있는 천년손이 가까이 갔을 땐 이상하게 두드러기가 안 나더군. 그래서 알아차렸지. 아, 가짜구나."

"뭐야, 알고 있었다고요? 그럼 진짜 천년손이님이 누군지 말해 줬어야죠."

강길이 따졌다.

"흥, 내가 왜? 천년손이 좋은 일을 내가 왜 해야 하지?"

"이 녀석, 잘난 척 그만하지 못해! 시끄러우니 그 입 다물어라!"

심기가 불편해진 천년송이가 소매를 휘젓자, 노상군이 저만큼 나가떨어졌다.

"쓰읍, 지금 나를 친 것이냐."

"그래, 쳤다. 어쩔래."

천년송이는 한 마디도 지지 않고 말했다. 보다 못해 천년손이가 나서서 두 사람을 말렸다.

"그만, 그만. 그러다가 사무소 부서져. 그만들 해."

하지만 이미 백륜이 날아들고 있었다. 그러자 천년송이는 소매를 힘껏 휘둘렀다. 파지직, 소리를 내면서 사무소 벽에 다시 금이 갔다.

"앗, 송이야, 그러다가 사무소 부서진다니깐!"

노상군이 백륜을 날렸다. 천년송이가 가볍게 몸을 틀어서 피했다.

"흥, 내가 누군지 잊었나 보군. 내가 바로 무명이야. 아니, 무명이었지."

천년송이가 몸을 트는 바람에 백륜 두 개가 위아래로 날아들면서 천년손이 고민해결사무소의 네 벽을 모두 반 동강 내버렸다.

"넌 위험하고 금지된 도술을 좋아하지 않으냐. 그러지 말고 나와 함께 일해보는 건 어떠냐."

노상군이 천년송이에게 손을 내밀었다. 천년송이는 잠시 눈을 빛내다가 이내 차분한 표정을 지었다.

"아니, 싫어. 요괴들이 어떻게 살아가는지 지켜볼 거야."

"뭐?"

"인간들에게 요괴들 이야기가 읽히면 자유를 얻게 될 거랬어. 여기서 그걸 지켜봐야겠어."

"흥, 마음 바뀌면 말해. 난 천년손이보단 네가 훨씬 더 마음에 드니까 말이야."

노상군은 그 말을 남기곤 어디론가 사라졌다. 노상군이

사무소 문을 나서면서 힘껏 문을 걷어찬 탓에 결국 사무소의 네 귀퉁이 벽이 모두 와르르 무너지고 말았다.

"아, 참. 근데 인간계로 내려왔다는 아버님은 지금 어디에 계신 걸까?"

천년손이가 문득 생각났다는 듯이 말했다.

"신선이었다가 인간계로 내려오셨다면 돌아가시지는 않았을 거야. 어딘가에 살아계시겠지."

천년송이가 중얼거렸다.

"그럼 우리 아버지를 찾아볼까."

천년손이와 천년송이, 수아, 강길의 눈이 허공에서 마주쳤다. 밖은 여전히 해가 막 지려는 참이었다.

"지우님, 고맙습니다."

천년손이가 고개를 깊이 숙였다.

"저도요."

지우도 고개를 숙였다.

"지우님이 그리울 거예요."

지우는 그 말에 가슴이 철렁 내려앉았다. 언젠가 올 것 같았던 그날이 와 있었다. 천년손이 고민해결사무소의 문을 닫는 그날이 바로 오늘이었다. 지우는 뭐라고 말해야 할지 생각이 잘 안 났다.

"저 그럼……. 여긴…… 이제 저는……."

천년손이가 지우의 어깨에 부드럽게 손을 얹었다.

"지우님, 지우님은 우리에게 너무 많은 것을 선물해 주셨습니다. 황금빛 인간의 활약은 선계와 인간계, 명계까지 삼계를 들썩거리게 만들었죠."

수아가 방긋이 웃었다.

"처음 우리 사무소를 찾을 때만 해도 겁쟁이 소년이었는데, 이젠 이렇게나 멋지고 용감한 지우가 됐어. 호호호."

"그러니까 말이야. 네가 구해준 내 목숨, 잊지 않을게."

강길이 가슴에 손을 대고 속삭이듯 말했다.

"우리 사무소는 보시다시피 이렇게 부서졌으니, 당분간 휴업해야겠어요. 멋지게 인테리어도 새로 하고, 그동안 못 갔던 휴가도 가야죠."

천년손이의 얼굴이 새로운 기대와 희망으로 반짝거렸다.

"저 이제…… 여기 오면 안 되는 거예요?"

지우는 눈물이 날 것 같았다. 천년손이는 고개를 저었다.

"아니요. 지우님이 오고 싶으실 때는 언제든지 오세요. 우리 사무소는 지우님에게 늘 열려 있을 겁니다. 건물이 누구 때문에 다 부서지고 말았지만 제가 더 멋지게 지어놓을게요. 조금만 기다려 주세요, 하하. 헤어짐은 새로운 만남을 위한 작은 쉼표 같은 거니까요."

천년손이가 부드럽게 웃었다.

"당연하지요, 형님. 지우 이 녀석이 벌어들이는 시간이 얼마데요."

"지우야, 기다릴게. 언제든 와. 호호. 우리 또 같이 위험한 모험하러 가야지."

천년손이와 수아, 강길이 웃으면서 손을 흔들었다.

"흥, 그러든가 말든가."

천년송이는 팔짱을 끼고 딴청이었다. 지우는 눈물을 쓰윽, 훔쳤다. 다들 눈에 눈물이 고여 있었지만, 새로운 모험이 곧 시작되리란 걸 모두가 알고 있었다.

그날 밤 집으로 돌아온 지우는 환혼석을 손에 쥔 채 아주 깊고도 깊은 잠을 잤다.

22. 지우의 새로운 날

재훈 샘은 언제 그랬냐는 듯 아무렇지 않은 모습으로 돌아왔다.

"선생님, 저거 금돼지예요?"

지우가 장난기 어린 목소리로 물었다. 금돼지는 여전히 옆에서 통통거리면서 뛰어다녔지만, 아이들 눈엔 보이지 않았다.

"쓰읍, 조용히."

재훈 샘은 여전히 무뚝뚝하고 냉랭했다. 하지만 아무도 모르는 재훈 샘의 정체를 혼자 알고 있는 지우는 그냥 자꾸만 웃음이 나왔다.

"김지우, 3층 도서관에 가서 사전 열 권 갖고 와."

"네."

"오오, 김지우, 쟤 완전 대변해졌다니깐."

"그니까 말이야. 왠지 좀 멋있어지지 않았어?"

여자아이들 소곤대는 소리도 들렸다. 소연이와 희훈이, 형섭이도 힐끔거렸다.

"너 그 얘기 들었어?"

"천년손이님이 쌍둥이였대잖아. 선계가 아주 난리가 났다던데……."

"그러게 말이야. 여동생이었다던데?"

"으이그, 그러니까. 천년송이인가 하는 여동생을 데려오자마자 사무소가 다 무너졌다지?"

지우는 옛날 도서관에 가는 길에 화장실 귀신들이 떠들어대는 소리를 들었다.

"아저씨들, 낮엔 나오지 말랬죠?"

"아니, 그게 아니라, 여기 도서관에 아주 신기한 책이 하나 생겼다니까."

지우를 본 변기 귀신은 급히 말을 돌렸다. 새로 생긴 도서관에 신비한 기운이 뿜어져 나오는 책이 한 권 새로 들어왔다는 소식이었다.

"책이요?"

"으응, 그렇대도?"

"책 제목이 뭔데요?"

"기억을 담은 책이라나 뭐라나."

"아아."

지우가 씨익 웃었다.

"뭐야, 너 그거 아는 책이야? 그런 거 함부로 만지면 안된다. 인간들은 아무것도 모른다니깐."

변기 귀신은 야단했지만, 지우는 한걸음에 달려갔다.

"앗, 여기 있다. 여기 있어."

지우는 도서관 한쪽 구석에 놓여 있던 『기억의 책』을 찾아냈다.

"와, 진짜로 있다. 있어."

『기억의 책』은 표지가 달라져 있었다. 지우랑 똑 닮은 남자아이가 손에 빛이 뿜어져 나오는 돌멩이를 쥐고, 환하게 웃고 있었다.

"천년손이 고민해결사무소?"

책의 제목도 달라져 있었다.

"하하하. 이 책을 아이들이 읽으면 버려진 요괴들이 힘을 얻는단 말이지?"

지우는 책을 가슴에 품고 교실로 마구 달려갔다. 창밖을 힐끗 보니, 해가 뉘엿뉘엿 지고 있었다. 천년손이 고민해결사무소가 문을 열 시간이었다. 아마도 공사를 다 마치고 새로운 모습으로 지우를 기다리고 있을 것이다. 지우의 가슴이 두근두근 뛰기 시작했다. 그러자 환혼석도 신비하고도 따뜻한 기운을 힘차게 뿜어댔다.

"풀뿌리 할아버지, 뭐 해요. 어서 가요, 우리!"

지우의 주머니에서 귀신 사탕 통이 달그락거렸다.

〈끝〉

에필로그

우렁각시와 살장군
그리고 이름 없는 여자아이

"부인, 이게 어찌 된 일입니까?"

우렁각시가 초조하게 마루를 오가다 살장군과 마주쳤다.

"그게……."

우렁각시가 살장군의 얼굴을 살폈다. 선계에서 천하제일 검으로 불리는 듬직한 살장군의 얼굴도 긴장된 기색이 역력했다. 얼마 전엔 영광스럽게도 선계의 비밀경찰 밀영의 대장이 된 살장군이었다. 곧 그분께 천리안을 선물 받을 거라는 소식도 들려오고 있었다.

"아기씨가 태어났는데…… 쌍둥이입니다."

"아니, 어찌 이런 일이…… 선계 최고의 가문인 천년 가

206

문에서 쌍둥이라니…….”

살장군이 목소리를 낮추어 말했다.

“응애, 응애.”

요란한 아기 울음소리가 방에서 들려왔다. 우렁각시와 살장군은 주변을 재빨리 살폈다. 시중 드는 요괴들을 모두 내보낸 뒤여서 다행히 아무도 없었다. 이 일을 아는 건 우렁각시와 살장군, 그리고 방금 아기를 낳은 부인과 천년 가문의 주인 천년한뿐이었다.

“선계에 쌍둥이가 태어나면 둘 중 한 아이는 죽는다는 예언이 있잖아요. 부인께서도 아시지요.”

“마님께서 몸이 많이 안 좋습니다.”

우렁각시는 붉어진 눈으로 고개를 끄덕였다.

“이 일을 아는 이는 없겠지.”

다음 옥황상제가 될 가능성이 가장 높은 천년 가문의 주인, 천년한이 어둠 속에서 모습을 드러냈다.

“이 일이 소문난다면, 선계는 크게 요동칠 겁니다. 우렁각시 그리고 살장군, 이 일을 비밀에 부치세요.”

천년한은 목소리를 낮추어 말했다.

“비밀에 부친다는 게 무슨 뜻인지요?”

우렁각시가 걱정스러운 표정으로 물었다.

“그분께도 알려지면 안 됩니다.”

"네에? 그래도 그분께는 말씀을 드리는 것이……."

살장군이 놀라서 되물었다.

"아니요. 아이들을 지키기 위해서 할 수 있는 일이 있다면 어떤 것이든 할 겁니다."

천년한은 결연한 표정으로 고개를 저었다.

"부디 아이들을 잘 살펴주십시오. 제 마지막 부탁입니다."

부인은 그 말을 남기고 숨을 거두었다.

"어떻게 할까요?"

살장군이 물었다. 우렁각시도 천년한을 바라보았다. 부인을 떠나보낸 천년한의 눈시울은 붉어져 있었다.

"아이들을 지키려면 이 방법밖에 없습니다."

천년한의 명령에 따라, 우렁각시는 그날 밤에 아무도 모르게 여자아이를 데리고 집을 떠나기로 했다. 천년한은 여자아이에게 이름도 지어주지 않았다.

"아이에겐 이름을 지어주지 않겠습니다. 아이에게 이름이 있다면 언제든 아이를 다시 찾고 싶어질 테니까요."

우렁각시는 천년한의 마음을 헤아리고는 아이와 함께 조용히 마당으로 나왔다.

"부인, 우린 언제 다시 만날 수 있습니까?"

살장군은 아기와 떠나는 우렁각시를 애타게 바라보았다.

"곧 만나겠지요. 잠시만 기다려 주십시오. 서방님."

우렁각시는 공손하게 절을 올리고 아기와 함께 멀리 떠났다. 혼자 남겨진 쌍둥이 오빠 아기는 힘차게 울어댔다. 여자아이가 떠나자 곧 천년한은 떠날 채비를 서둘렀다.

"안 됩니다. 떠나시다니요. 이 아기씨는 어떻게 하란 말입니까?"

살장군이 아무리 말려도 소용없었다. 다음 날 천년한은 이 모든 일에 대한 깊은 미안함을 안고, 인간계로 내려갔다. 다음 옥황상제가 될 가장 유력한 신선이었던 천년한이 사라지면서 천년 가문은 서서히 신선들 사이에서 잊혀갔다.

천년 가문의 이름이 다시 세상에 알려지기 시작한 것은 천년손이라는 아이가 닥락궁 도술학교에 입학하면서부터였다. 도술에 매우 뛰어나고, 하나를 가르치면 백을 깨치는 영특함에 새 옥황상제는 아이를 무척이나 아꼈다.

달빛이 밝은 어느 날, 멀리 닥락궁에선 그날도 잔치가 벌어졌다. 아름다운 음악 선율이 버려진 요괴들의 도시에 세워진 세 개의 벽을 지나서까지 들려왔다.

"유모, 나는 왜 이름이 없어?"

초승달 모양의 비녀를 꽂은 여자아이가 우렁각시 옆에 앉아 발을 까딱거리면서 물었다.

"음…… 그러게요. 아가씨는 왜 이름이 없을까요."

이미 수백 번은 들었던 질문이었다.

"이름 따위 상관없어. 없어도 돼. 아, 없으니까 무명이라고 할까. 이름이 없으면 저승사자들도 못 잡아가잖아. 좋아, 나는 무명이야. 나 무명은 닥락궁 도술학교에 다니는 신선들 따위 다 이겨버릴 거야!"

여자아이는 벌떡 일어나서 소리쳤다.

"그럼요. 아가씨는 아마도 세상에서 가장 유명하고 대단한 분이 되실 겁니다."

우렁각시의 눈에 눈물이 글썽글썽했다.

"그렇지? 내가 다 이길 거야. 유모는 나 믿지?"

아이는 치렁치렁한 검은 머리를 쓸어올렸다.

"그럼요. 아가씨는 그렇게 되실 겁니다."

우렁각시는 아이를 품에 안아주었다. 자신이 요괴인지 신선인지 귀신인지도 모른 채 버려진 요괴들의 도시에서 쑥쑥 자라나던 아이는 버려진 요괴들의 지도로 날이 갈수록 도술 실력이 늘었고, 언젠가부터 버려진 요괴들의 우두머리가 되었다.

아무도 여자아이의 도술 실력을 따라올 수 없을 만큼 성장한 어느 날이었다. 여자아이는 천년손이에 대한 소문을 들었다.

"뭐? 천년…… 손이?"

이유는 알 수 없었지만, '천년'이라는 이름을 듣는 순간 여자아이는 가슴이 떨렸다.

"누군지 몰라도 반드시 내가 이길 거야. 우리 요괴들은 내가 다 지켜줄 거야."

삼계를 뒤흔들 인물이 버려진 요괴들의 도시에서 꿈을 갖게 된 순간이었다.

작가의 말

『천년손이 고민해결사무소』를 찾아주신 어린이 손님들, 안녕하세요. 많이 기다렸지요? 이 책을 쓴 작가 김성효 선생님입니다. 그동안 『천년손이 고민해결사무소』 5권이 대체 언제쯤 나오는 거냐고 어린이 손님들에게 여러 번 원망하는 소리를 들었는데, 이제야 5권이 나오네요. 책이 늦어져서 미안하고, 그럼에도 뜨거운 마음으로 한결같이 천년손이를 사랑해 준 어린이 손님들에게 진심으로 고마워요.

지우가 천년손이, 수아, 강길과 함께 했던 선계, 명계, 인간계의 모험이 5권을 끝으로 대단원의 막을 내리게 되었어요. 지우가 처음 천년손이 고민해결사무소를 찾았을 때가 무려 3년 전이더라고요. 3년 동안 지우는 무릉도원에도 가고, 저승에도 가고, 도깨비시장에도 다녀오고, 용궁에도 가고, 세계도술대회에도 나가고, 버려진 요괴들의 도시까지 다녀왔어요. 처음엔 검은 그림자만 봐도 벌벌 떨고 무서워하던 지우가 이제는 학교 화장실 귀신이랑 농담도 하는 씩씩한 어린이로 자라났어요. 모두가 어린이 손님들이 함께 마음을 모아서 안타까워해 주고, 아낌없이 응원해 준 덕분이에요.

5권에서 지우는 드디어 무명을 만나게 돼요. 그동안 무명의 정체가 무엇인지 궁금하다는 어린이 손님들 이야기가 쭉 있어 왔는데요. 우리 어린이 손님들이 짐작했던 무명과 같은 인물이었나요, 아니면 다른 인물이었나요. 아마도 어린이 손님들은 한 번도 상상해 본 적 없었을 것 같은데, 선생님 짐작이 맞지요? 하하하.

선생님은 이번 책에서 세상에서 잊힌 지 오래인 버려진 요괴들의 이야기를 우리 어린이 손님들에게 들려주고 싶었어요. 옛날 우리 조상들은 좋아했지만, 지금 어린이들에겐 이름조차 생소하고 낯선 한국 전통 요괴들 이야기 말이에요. 지우는 버려진 요괴들의 도시에서 기억의 책 도술을 이용해서 숱한 요괴들을 책에 봉인하게 돼요. 물론 무섭고 당혹스러운 순간도 많았지만, 지우는 수아, 강길, 천년손이와 함께 모든 미션을 용감하게 해내요.

이제 사람들이 많이 찾아주고 사랑해 주면 책에 봉인된 버려진 요괴들은 힘을 얻고 생생하게 되살아날 거예요. 어떤 책이냐고요? 바로 이 책, 여러분 손에 들려 있는 『천년손이 고민해결사무소』예요. 어린이 손님들의 사랑을 듬뿍 받은 이 책은 앞으로 세상 곳곳을 찾아다니며 재미나고 신나는 한국 요괴들의 이야기를 많이 들려줄 거예요. 그래야 버려진 요괴들과의 약속을 지키는 것이니까요.

우리 어린이 손님들과 함께 성장해 온『천년손이 고민해
결사무소』시리즈가 이렇게 끝을 맺습니다. 하지만, 책에서
이야기한 것처럼 이별은 새로운 만남을 위한 거니까, 곧 새
롭고 흥미진진한 이야기로 어린이 손님들을 또 찾아갈게요.
그동안『천년손이 고민해결사무소』를 사랑해 주고 응원해
주신 어린이 손님들, 또 다른 새로운 이야기로 곧 만나요.
사랑해요.

천년손이 고민해결사무소의
인테리어를 새롭게 꾸미다가,
성효 샘 씀

글쓴이 김성효

글 쓰는 엄마이자 교직 경력 28년 차 교육자다. 전라북도교육청 스피치라이터 장학사를 거쳐 현재는 군산동초등학교 교감으로 있다.

MBC 〈공부가 머니?〉, EBS 〈다큐프라임〉 '교육대동여지도-교사 고수전', CBS 〈세상을 바꾸는 시간, 15분〉 등에 출연했고, 유튜브 채널 '김성효TV'와 네이버 카페 '세상을 이롭게 하는 리얼 공부'를 운영하고 있다. 어릴 때부터 판타지 소설과 무협지에 푹 빠져 살았다. 그 덕에 천년손이와 함께 K-판타지를 만들어올 수 있었다.

사자성어 판타지 동화인 『천방지축 천년손이와 사자성어 신비 탐험대』 시리즈를 비롯하여 베스트셀러 『초등공부, 독서로 시작해 글쓰기로 끝내라』, 『초등공부, 스스로 끝까지 하는 힘』, 『공부 자신감을 키워주는 초등 알짜공책』 시리즈, 『선생님, 걱정 말아요』, 『선생 하기 싫은 날』, 『학급 경영 멘토링』, 『교사의 말 연습』 등 33권의 책을 펴냈다.

그린이 정용환

홍익대학교에서 산업디자인을 전공했다. 이야기에 상상력의 즐거움을 불어넣는 일러스트레이션 작업을 하고 있다. 그린 책으로 『복제인간 윤봉구』, 『유튜브 스타 금은동』, 『골목길의 다이아몬드』, 『자랑질이 어때서』가 있다. 현재는 『채사장의 지대넓얕』 시리즈에 그림작가로 참여 중이다.

천년손이
고민해결사무소 ❺ 버려진 요괴들의 도시와 무명의 정체

초판 1쇄 2024년 12월 30일

글쓴이 | 김성효 **그린이** | 정용환 **펴낸이** | 송영석

주간 | 이혜진 **편집장** | 박신애 **기획편집** | 최예은 · 조아혜
디자인 | 박윤정 · 유보람 **마케팅** | 김유종 · 한승민 **관리** | 송우석 · 전지연 · 채경민

펴낸곳 | (株)해냄출판사 **등록번호** | 제10-229호
등록일자 | 1988년 5월 11일(설립일자 | 1983년 6월 24일)

04042 서울시 마포구 잔다리로 30 해냄빌딩 5 · 6층
대표전화 | 326-1600 **팩스** | 326-1624 **홈페이지** | www.hainaim.com

ISBN 979-11-6714-104-0 / ISBN 978-89-6574-527-3(세트)

앞 시리즈와 마찬가지로 5권도 진짜 스릴 넘치고 재미있었다. 읽기 시작한 순간부터 진공청소기에 빨려 들어가는 것처럼 책에서 눈을 뗄 수가 없었다. 1, 2, 3, 4권도 재밌었지만 5권은 다양한 요괴들이 나와서 '더' 재밌었다.

이소은 | 순천 동산초등학교 4학년

무명과 요괴들을 잡으러 떠나는 천년손이와 살장군, 노상군이 어벤 저스 같았고, 요괴구조대를 만든 지우와 수아, 강길도 멋있었다. 재훈 샘에게도 비밀이 있을지 몰랐는데 정체가 드러나서 재미있었다. 『천년손 이 고민해결사무소』가 마지막이라니 너무 아쉽지만, 온갖 모험을 통해 지우가 용기 있는 아이가 된 것이 기쁘다.

이태경 | 왕배초등학교 6학년

책 속의 새로운 인물인 노상군이 도술을 써서 모습을 바꾸는 것을 보고 신기하다고 생각했다. 멋있는 인물들과 귀여운 요괴들이 많이 나 와서 재미있었다.

정소은 | 서울 염창초등학교 3학년

책을 읽을 때 뒷이야기를 예상하며 읽는 것을 좋아하는데, 이 책은 늘 내 예측을 벗어난다. 뒷이야기가 항상 불가사의하게 끝나서 그다음 편 이야기가 어떻게 흘러갈지 추측하는 재미가 있었는데 마지막 이야 기도 엄청난 반전이 있었다. 스릴 있는 이야기를 좋아하는 친구들에게 추천하고 싶다.

정준우 | 서울 염창초등학교 5학년